L'ESCROC

GORDON KORMAN

Texte français d'Hélène Pilotto

Éditions
SCHOLASTIC

Pour Willie
G. K.

Catalogage avant publication de Bibliothèque
et Archives Canada

Korman, Gordon

[Swindle. Français]
L'escroc / Gordon Korman ;
texte français d'Hélène Pilotto.
Traduction de: Swindle.

ISBN 978-1-4431-0604-7

I. Pilotto, Hélène II. Titre III. Swindle. Français.

PS8571.O78S98314 2010   jC813'.54   C2010-903208-X

Conception graphique de la couverture : Elizabeth B. Parisi
Conception graphique du livre : Elizabeth B. Parisi et Marilyn Acosta

Édition publiée par les Éditions Scholastic,
604, rue King Ouest, Toronto (Ontario) M5V 1E1

5 4 3 2 1   Imprimé au Canada 116   10 11 12 13 14

Tes talents particuliers ont été remarqués.
Tu es la personne idéale pour accomplir une mission urgente. Pour en savoir plus, présente-toi à la réserve des vieux ballons à 15 h 30.
Ne rate pas cette chance. Tes efforts seront récompensés. - $$$

DEUX SEMAINES PLUS TÔT...

1

SORTIE NOCTURNE EN DOUCE - TRUCS
PRATIQUES :

(i) Toujours regarder ses parents DANS LES YEUX
lorsqu'on leur ment.

(ii) S'assurer d'obtenir la permission d'aller à la
bonne FAUSSE SOIRÉE PYJAMA. (Garçons : chez Stan
Winter. Filles : chez Karen Lobodzic.)

(iii) Rendez-vous vendredi, 20 h 30, à la VIEILLE
MAISON ROCKFORD. (Impossible de la rater : il
y a une GRUE équipée d'un énorme BOULET DE
DÉMOLITION juste devant.)

(iv) Entrer par les planches manquantes de la
FENÊTRE PLACARDÉE du rez-de-chaussée, côté est.

(v) Apporter son SAC DE COUCHAGE. Se rappeler que la vieille maison Rockford est un BÂTIMENT CONDAMNÉ qui sera démoli DEMAIN MATIN. On n'y trouve ni lits, ni eau courante, ni meubles, ni lampes, ni téléviseur...

Quand Griffin Bing élabore un plan, il s'arrange pour que tout soit parfait. Il pense au moindre détail et envisage toutes les possibilités. Toutes sauf une : et si personne ne venait?

— On n'aurait pas dû préciser qu'il n'y a pas de télé, ronchonne Benjamin Slovak, l'ami de Griffin.

Griffin et Benjamin sont assis en tailleur sur leurs sacs de couchage, au milieu de ce qui avait dû être un salon élégant. Autour d'eux, il n'y a que de vieux rideaux en lambeaux, quelques meubles anciens et des monticules de poussière. La vieille maison caverneuse craque de partout et produit des grincements aussi étranges qu'inquiétants. Dehors, un orage se déchaîne.

Griffin braque le faisceau de sa lampe de poche sur sa montre : il est 22 h 34.

— Je n'arrive pas à le croire, rage-t-il. Comment ça se fait que *personne* n'est là? Vingt-huit jeunes ont dit qu'ils allaient venir!

— Ils sont peut-être en retard, dit Benjamin sans conviction.

— À neuf heures, ils seraient en retard. Mais à dix heures et demie, ils sont absents. Ils n'ont donc aucune dignité? C'est comme s'ils disaient aux adultes de notre ville : « Vous avez parfaitement le droit de nous bafouer, nous les jeunes. »

Au fond de lui, Benjamin aurait adoré être le 29e absent. C'est seulement par loyauté envers son meilleur ami qu'il est ici, ce soir.

— Voyons, Griffin, raisonne-t-il. Quelle différence cela fait-il que deux personnes ou deux *cents* personnes passent la nuit dans un bâtiment condamné, la veille de sa démolition? De quelle façon notre geste montre-t-il aux adultes qu'on défend nos droits? Ils ne sauront probablement jamais qu'on est venus ici.

— *Nous*, on le saura, réplique Griffin, sidéré. Il y a des moments où on doit se prouver à soi-même qu'on est autre chose qu'un morceau de viande emballé de pellicule plastique dans le congélateur de l'épicerie du coin. Pourquoi est-ce que j'ai inventé l'histoire des fausses soirées pyjamas, d'après toi? Je voulais m'assurer que tout le monde avait une bonne excuse pour être ici. C'était ça, l'idée derrière le plan.

3

Le plan. Benjamin gémit intérieurement. C'est à la fois la plus grande qualité de Griffin et son pire défaut. Griffin Bing est l'Homme au Plan.

— Peut-être que les autres voulaient venir, mais qu'ils ont eu peur, suggère Benjamin.

— Peur de quoi? s'insurge Griffin. De la poussière? De la pluie? D'une nuit entière sans télé?

— On dit que cette maison est hantée, insiste Benjamin. Tu connais les rumeurs.

— Quelles rumeurs? se moque Griffin.

— Pourquoi a-t-elle été abandonnée, d'après toi? Le vieux Rockford a fini en prison pour avoir découpé sa femme à la scie tronçonneuse… C'est ce que raconte Darren.

— Et depuis quand est-ce que des choses sensées sortent de la grosse tête vide de Darren? explose Griffin. Il raconte aussi qu'il a un vague lien de parenté avec les Rockford… sans pouvoir le prouver, bien sûr. Et puis, les scies tronçonneuses n'existaient même pas à l'époque du vieux Rockford.

— Mais les voies ferrées, oui, insiste Benjamin. Selon Marcus, le vieux aurait enfoncé un crampon de rail dans le crâne de sa femme.

Griffin n'en croit pas un mot.

— Il te fait marcher. Tu sais bien à quel point il aime embêter les gens.

— Oui, mais pas Pic. Tu sais ce qu'elle a entendu? La maison serait hantée par le fantôme d'un chien que le vieux avait ramené d'Europe après la Première Guerre mondiale. Mais ce n'était peut-être pas un chien…

Griffin roule des yeux.

— C'était quoi alors? Un dragon de Komodo?

Benjamin hausse les épaules.

— Personne ne le sait. Ce qu'on sait par contre, c'est que quelques jours après l'arrivée de la bête, des animaux de compagnie ont commencé à disparaître en ville. Au début, c'étaient seulement des chatons et des chiots, mais bien vite, des saint-bernard adultes ont disparu comme par enchantement. Et on a retrouvé plein d'os enterrés autour de la maison… Pourtant, le vieux Rockford n'en donnait jamais à son chien.

Un éclair se glisse par les interstices des fenêtres placardées et projette d'étranges ombres angulaires sur les murs. Benjamin fait une pause pour donner de l'intensité dramatique à son récit.

— Les citoyens ont décidé de se faire justice eux-mêmes. Ils ont farci un gros steak de poison à rats et l'ont laissé sur le seuil de la maison. Ils n'ont jamais pensé qu'un esprit malveillant qui pouvait vivre dans le corps d'un chien pouvait aussi bien vivre dans autre chose… Dans une maison, par exemple!

Il scrute la pénombre qui les entoure comme s'il s'attendait à voir un être hideux et surnaturel en surgir.

— Voyons donc! lance Griffin en refusant de se laisser impressionner. Les maisons hantées, ça n'existe pas!

— En tout cas, Marcus, lui, a entendu la même histoire, réplique Benjamin avec un petit reniflement vexé.

— C'est faux, lui rappelle Griffin. Marcus a entendu celle du crampon de rail.

— Il a entendu les *deux*. Et Savannah aussi. Sauf que dans sa version, ce n'était pas un chien. C'était un bébé.

— Pourquoi les gens auraient-ils empoisonné un bébé?

— Ils n'ont pas empoisonné le bébé. C'est une buse qui l'a emporté. Mais le fantôme du bébé a jeté un sort à la maison pour se venger de toutes les années de vie qui lui avaient été volées. Puis, il y a eu l'enseignante : la seule personne n'appartenant pas à la famille Rockford à avoir vécu ici. Personne ne l'a revue après son emménagement. Enfin, certains pensent que oui. Des gens disent avoir vu une vieille, vieille femme épier par une fenêtre du grenier. Mais voilà : l'enseignante n'avait que vingt-trois ans.

Une rafale s'engouffre sous l'avant-toit et un gémissement étrange résonne autour d'eux. Benjamin rentre la tête dans ses épaules comme une tortue et même Griffin pâlit un peu.

— Ne le prends pas mal, Ben, mais… tais-toi maintenant. Tes histoires commencent à me donner la frousse, dit-il en balayant les murs décrépis avec le faisceau de sa lampe de poche. Il est presque onze heures. Personne en vue. Quelles poules mouillées!

— C'est à cause du crampon de rail, dit Benjamin avec anxiété. Ça doit causer un violent mal de tête. C'est le cas de le dire.

Griffin déroule son sac de couchage et s'allonge dessus. Il pose sa lampe de poche sur sa base, comme pour en faire une lampe miniature.

— Essayons de dormir. Plus vite le soleil se lèvera et plus vite nous pourrons sortir de ce trou à rats.

— On pourrait peut-être partir maintenant, propose Benjamin, rempli d'espoir. Puisque personne ne vient, personne ne saura qu'on n'est pas restés toute la nuit.

Griffin est horrifié.

— Tu veux dire *battre en retraite?*

Ces trois mots ne font pas partie de son vocabulaire.

— Je n'ai pas envie de voir un fantôme de bébé me siphonner la vie!

— Ton fantôme n'existe pas!

— Qui a dit qu'il fallait croire aux fantômes pour avoir peur d'eux? Bon, d'accord, je me couche.

Il se tourne sur le côté et se roule en boule, avant d'ajouter :

— Mais si je me réveille dans la peau d'un vieillard de quatre-vingt-cinq ans, tu me devras vingt dollars.

— Marché conclu.

Ils restent allongés en silence pendant ce qui leur semble un long moment, écoutant la pluie tomber sur le vieux toit d'ardoises au rythme d'une mitrailleuse.

Griffin a les yeux rivés au plafond. Il fixe un trou qui a jadis accueilli un lustre.

— J'espère que tu sais à quel point je suis content que tu sois ici. Tu es le seul qui a eu le courage de venir.

Comme son ami ne répond pas, Griffin poursuit :

— Tu sais, mon vieux, je le pense vraiment. Les autres… Ils parlent, ils parlent, mais où sont-ils ce soir, hein? Darren a défié la moitié de la classe de sixième de venir. Il s'est même moqué de nous en disant qu'on se dégonflerait. Mais c'est qui le vrai dégonflé, hein, Ben?

Pour toute réponse, Benjamin laisse entendre une respiration lente et régulière. Quelque chose comme... un ronflement?

— Ben?

Griffin se redresse et regarde son ami. Benjamin est roulé en boule sur son sac de couchage et il dort à poings fermés.

Griffin pousse un petit sifflement d'admiration. Dans un lieu qui donne la chair de poule, par une nuit lugubre, Benjamin est assez détendu pour s'assoupir. Parfois, c'est une vraie poule mouillée, par contre, dans les moments importants, Benjamin est tout simplement trop *cool*.

Griffin a du mal à se détendre. Non pas parce qu'il a peur. Loin de là.

Griffin reste éveillé parce qu'il réfléchit à la raison qui les a poussés, Benjamin et lui, à passer la nuit parmi les moutons de poussière et un ramassis de légendes farfelues.

Il songe à son *dernier* plan.

ès qu'il avait entendu la ville annoncer que le sort réservé au terrain des Rockford serait décidé lors d'une réunion extraordinaire, Griffin avait prononcé ces trois mots fatidiques : « Faisons un plan. »

PROPOSITION DE DÉVELOPPEMENT
POUR LE SITE ROCKFORD

par Griffin Bing - Concepteur en chef

(i) Ce PLAN, approuvé par les JEUNES de CEDARVILLE, démontre de quelle façon le terrain de la vieille MAISON ROCKFORD peut être transformé en un PLANCHODROME, tel qu'illustré sur le DIAGRAMME « A » ci-dessous (échelle : 1 cm = 2 m)...

Avec l'aide de Benjamin, de quelques camarades de classe et de leur enseignant, M. Martinez, Griffin avait monté un document officiel qu'il voulait présenter au conseil municipal. Mais lors du grand soir, le comité avait tout simplement refusé d'entendre leur proposition. Les conseillers avaient déjà choisi le projet qu'ils voulaient mettre de l'avant : le musée de Cedarville.

Cette défaite, Griffin l'a encore sur le cœur. Non pas parce qu'il a perdu. Bien sûr, c'est décevant, mais ce qu'il trouve inacceptable, c'est d'avoir été totalement ignoré, balayé comme un vulgaire moustique juste parce qu'il est jeune. C'est pour cette raison qu'il est ici, ce soir, dans cette vieille maison en ruine. Et c'est pour cette raison que *tout le monde* aurait dû être ici : tous ceux qui en ont assez d'être considérés comme des moins que rien dans leur propre ville. Cela ne leur donnerait pas un planchodrome, mais au moins, cela leur redonnerait une certaine fierté.

De toute façon, même si la situation actuelle est plutôt sinistre, inconfortable et ennuyeuse, Griffin ne se plaint pas. C'est encore mieux que d'être couché chez lui, à écouter ses parents se disputer à cause de leurs problèmes financiers.

Il regarde avec envie la silhouette endormie

de Benjamin. Griffin a beau essayer de toutes ses forces, il est trop tendu pour dormir.

Il finit par se lever et explorer ce qui reste de la maison Rockford, suivant le faisceau de sa lampe de poche le long des corridors et des pièces. Au moins, le tonnerre a cessé et l'orage a cédé la place à une pluie régulière. Finie la nuit sombre et orageuse.

C'est à ce moment que la créature atterrit sur la tête de Griffin.

Une grande frayeur s'empare de lui. Du coup, il échappe sa lampe de poche et la pièce se retrouve subitement plongée dans le noir. Il se frappe la tête avec frénésie, tandis que son attaquant agite ses ailes festonnées et s'enfonce de plus belle dans ses boucles épaisses, en couinant et en poussant des cris stridents. Dans sa panique, Griffin trébuche sur sa lampe de poche et tombe. Il s'agite tellement qu'il s'empêtre dans les toiles d'araignées qui jonchent le sol. Ses doigts frôlent une fourrure à poil ras, une peau caoutchouteuse et des griffes pointues qui s'agrippent, mais il ne parvient pas à attraper son assaillant qui lui échappe sans cesse.

L'attaque se termine aussi brusquement qu'elle a commencé quand la créature réussit à se dégager. Elle s'envole en laissant derrière elle un Griffin qui se tortille encore dans tous les sens. Il retrouve sa lampe de poche juste à temps pour entrevoir une grosse chauve-souris noire s'engouffrer dans la cage d'escalier.

Tout va bien, se dit-il, le cœur battant la chamade. *Grosse frousse, danger minime.*

Il fronce les sourcils. Un meuble trône dans le cône de lumière de sa lampe de poche braquée devant lui. Même si la maison a été quasiment vidée à la veille de la démolition, il reste ce vieux secrétaire datant d'une autre époque.

Griffin se relève tant bien que mal et s'approche du meuble pour l'examiner. Ce n'est pas exactement le genre d'antiquité de grande valeur qu'on voit dans les émissions spécialisées à la télé. Le meuble est déglingué, fendillé et le rideau en lattes recouvrant le dessus est coincé à un angle bizarre. À la lumière de sa lampe de poche, Griffin tire sur les nombreux tiroirs et compartiments, mais n'y trouve rien, sinon de la poussière et une araignée morte çà et là.

Cependant, un petit tiroir résiste à son inspection. Griffin tire sur la poignée… qui lui reste entre les mains. Il tente de l'ouvrir en agrippant la face avant du tiroir, mais rien ne bouge.

Haletant, il s'assoit sur le bureau afin de reprendre son souffle. Son jean accroche le coin du sous-main et, du même coup, le petit bouton qui se trouve dessous.

Clic! Le tiroir verrouillé s'ouvre d'un coup.

Un bouton de commande! Ce doit être une cachette secrète!

Avec empressement, il dirige le faisceau de la lampe dans le petit compartiment. Rien.

Une minute...

Une tache de couleur au fond du tiroir attire son regard. Il plonge la main et en sort une vieille carte aux couleurs délavées. L'image d'un pain orne le centre, entourée du message : BOULANGERIE TOP DOG, LE SANDWICH DES CHAMPIONS.

Il retourne la carte et examine l'autre côté.

On y voit le dessin en couleurs d'un joueur de baseball, bâton sur l'épaule. L'image n'est pas très détaillée, mais le visage lui semble familier. Griffin lit le nom inscrit sous l'image :

GEORGE HERMAN (BABE) RUTH

Une carte de baseball! Elle doit être vieille, parce qu'il y a belle lurette que Babe Ruth ne joue plus au baseball! Même si Griffin n'est pas un expert, il sait comme tout le monde que certaines cartes de baseball anciennes valent beaucoup d'argent.

De l'argent. À cette pensée, il ressent une douleur

sourde dans l'estomac. Ces jours-ci, la famille Bing fait vraiment des pieds et des mains pour joindre les deux bouts. La situation est tellement grave que ses parents parlent même de mettre la maison en vente et de déménager dans un quartier plus modeste.

— Pas question, dit Griffin à voix haute, les dents serrées.

Il lui a fallu onze ans pour apprivoiser la ville et s'y faire des amis. Il ne va certainement pas tout abandonner sans se battre.

Et si cette carte avait de la valeur...

Sors-toi ça de la tête, se gronde-t-il. Quelles sont les chances pour qu'une personne laisse un objet de collection de grande valeur dans un bâtiment abandonné, condamné à la démolition?

Pourtant, c'est possible. Il peut toujours *espérer...*

Il grimace. Griffin n'est pas le genre de gars à espérer grand-chose. Sa philosophie : si tu veux quelque chose, *arrange-toi* pour l'obtenir. Ne reste pas assis, à espérer la voir tomber du ciel.

Mais une image terriblement séduisante persiste dans son esprit : fini les soucis financiers de ses parents, fini les cernes sombres sous leurs yeux à force de passer la nuit à essayer d'extraire des sous d'un compte bancaire qui n'a plus rien à donner…

Même l'Homme au Plan peut se montrer rêveur quand les enjeux sont aussi importants.

3

Le grondement d'un moteur puissant réveille Benjamin en sursaut et le tire d'un profond sommeil. Il se redresse d'un coup et frotte ses paupières qui semblent cimentées. Il n'est pas dans son lit. Mais où est-il donc?

Le grondement du moteur est tellement fort qu'il en ressent la vibration jusque dans ses os.

Qu'est-ce qui peut faire un bruit pareil? Un camion à ordures? Un semi-remorque? Ou alors…

Il finit par se réveiller suffisamment pour reconnaître le salon délabré où il se trouve.

… une grue qui balance un énorme boulet de démolition!

— Griffin!

Une forme remue à l'intérieur du sac de couchage de Griffin.

Benjamin tire la fermeture à glissière d'un coup sec et secoue son ami endormi.

— Griffin! Réveille-toi!

— Qu… ?

— C'est le matin! *Ils commencent à démolir la maison!*

Griffin bondit comme un bouchon de champagne.

— Sauve-qui-peut! crie-t-il.

Les deux garçons se ruent vers la fenêtre. La maison tout entière vibre à cause du grondement assourdissant de la grue. Griffin atteint la fenêtre le premier. Il fourre les deux sacs de couchage entre les planches manquantes et y pousse Benjamin, puis s'y glisse à son tour. Il a le ventre appuyé sur le rebord de la fenêtre lorsqu'il se rend compte qu'il n'arrive plus ni à avancer ni à reculer.

— Je suis coincé! siffle-t-il.

Benjamin l'attrape par les poignets et le tire de toutes ses forces, mais sans succès.

Un craquement épouvantable secoue toute la structure de la maison, y compris le sol sous les pieds de Benjamin. L'impact projette Griffin par la fenêtre et l'envoie s'écraser sur Benjamin. Étourdis, les deux garçons se relèvent en titubant. Griffin est couvert de poussière de plâtre blanche des pieds à la taille.

— Courons! beugle-t-il.

Ils s'enfuient à toutes jambes, leurs sacs de couchage traînant derrière eux. Au moment même où ils tournent le coin du bâtiment, ils voient avec horreur le gigantesque boulet de démolition s'enfoncer profondément dans la devanture délabrée de la vieille maison Rockford.

Puis, comme s'ils avaient besoin d'une raison supplémentaire de décamper, le contremaître du chantier, complètement ahuri, leur crie :

— Hé, vous deux! C'est une zone de démolition, ici!

L'entraîneur Nimitz aurait été estomaqué de voir à quelle vitesse et avec quelle endurance les garçons courent. Une performance bien supérieure à toutes celles réalisées au cours d'éducation physique. Ils soutiennent pendant plusieurs minutes un sprint qui leur brûle les poumons, encouragés dans leur fuite par des bruits inquiétants qui retentissent juste derrière eux. Ils ont traversé la moitié de la ville quand Griffin déclare qu'ils sont assez loin pour ralentir et marcher.

— La prochaine fois que tu auras une idée brillante comme passer la nuit dans un lieu dangereux, halète Benjamin, fais semblant d'avoir perdu mon numéro de téléphone.

Au loin, un long grondement sourd se fait entendre, suivi d'un fracas épouvantable.

— On a failli y passer, tu sais. Ma mère ne m'a pas mis au monde pour que je finisse sous des décombres.

— Qui ne risque rien n'a rien, répond Griffin en reprenant son souffle.

— On n'a rien! On s'est vengés du conseil municipal pour notre planchodrome... sauf que personne ne le sait à part nous.

Griffin sort la carte de Babe Ruth de sa poche et l'agite sous le nez de son ami.

— Regarde un peu ça, dit-il en lui expliquant comment il a découvert la carte dans le tiroir secret.

— Babe Ruth... Ouah! Penses-tu que c'est une vraie?

Griffin hausse les épaules.

— Ça se pourrait bien. Vieille maison, vieille carte. La question, c'est de savoir combien elle vaut.

— Mais, Griffin... elle ne t'appartient pas, murmure Benjamin.

Griffin désigne les nuages de poussière qui s'élèvent dans les airs, plusieurs coins de rue derrière eux.

— Démolir une maison, c'est comme la jeter

aux ordures. Et prendre quelque chose dans les poubelles, ce n'est pas voler, pas vrai? D'ailleurs…

Il regarde la carte avec un air piteux, puis ajoute :

— *Le sandwich des champions?* Elle n'a probablement aucune valeur. Je n'ai *jamais* été chanceux à ce point-là.

— Comment faire pour en être sûr? demande Benjamin.

— Il y a des experts pour ce genre de truc.

Benjamin écarquille les yeux.

— Tu penses au Royaume?

Griffin sourit bravement.

— Ça ne coûte rien de demander une estimation.

Le magasin Au royaume du collectionneur est pratiquement une forteresse. Il est situé juste après la rue principale, dans un petit bâtiment entouré d'une haute clôture grillagée. Pour Griffin, l'endroit a toujours évoqué un camp de prisonniers de guerre. Le bâtiment est un ancien atelier de tailleur de pierre. Enfants, Benjamin et lui étaient fascinés par les pierres tombales qui se dressaient dans la petite cour. À présent, une pelouse clairsemée et un gros chien de garde remplacent les pierres tombales. Par chance, la bête dort en ce moment.

ACHAT ET VENTE D'OBJETS
DE COLLECTION
MEILLEURS PRIX GARANTIS
S. CROMINO, GÉRANT ET PROPRIÉTAIRE

Même s'ils habitent près du magasin, c'est la première fois que les garçons y entrent. En général, les jeunes fréquentent peu ce commerce. D'ailleurs, il ressemble plus à un musée qu'à un magasin vendant des illustrés. Un musée où il est interdit de toucher les objets, lesquels sont placés sous la surveillance de gardes au regard sévère. Il n'y a pas d'étagères jonchées de livres, de jouets, de babioles, de cartes et de souvenirs. Au Royaume du collectionneur, chaque objet est prisonnier de son présentoir en verre, éclairé par une lumière crue et relié à un système d'alarme. Bref, l'endroit est aussi accueillant et chaleureux que la chambre forte d'une banque.

Benjamin se penche vers l'un des présentoirs pour examiner une figurine. Il reste bouche bée en apercevant son prix.

— Six cent quarante dollars? Il est fou ou quoi?

Un homme de grande taille au teint cadavérique et au crâne garni d'un anneau de cheveux blancs s'avance vers lui.

— Il s'agit d'une authentique poupée M. Spock commercialisée en 1966, après la première série télévisée *Star Trek*, encore dans son emballage original.

Benjamin fronce les sourcils.

— Quel enfant a six cent quarante dollars à dépenser pour un jouet?

— Justement, concède l'homme. Ce n'est pas un magasin de jouets. Les objets de collection rares ne sont pas pour les enfants. Chacun représente un investissement important.

— Êtes-vous monsieur Cromino? demande Griffin.

— Je suis Tom Dufferin, le gérant adjoint.

D'un bras maigre, il désigne un autre homme, debout derrière un long comptoir, occupé à insérer des illustrés dans des pochettes de protection faites sur mesure.

— Le grand patron, c'est lui.

Sergio Cromino est petit, trapu et étonnamment jeune : la mi-trentaine selon Griffin, et pas du tout une antiquité comme ce Tom Dufferin. Ses cheveux bouclés disparaissent (presque entièrement) sous une casquette des Rangers de New York. Cachés derrière des lunettes aux verres très épais, ses yeux paraissent deux fois plus gros que la normale.

On dirait deux œufs au miroir. Il les pose sur ses jeunes clients.

— Qu'est-ce que je peux faire pour vous, jeunes hommes?

Griffin sort sa carte de Babe Ruth.

— Je songe à vendre cette carte. Il paraît que vous garantissez les meilleurs prix.

Le propriétaire tend une main grassouillette et s'empare du tout dernier objet à être sorti indemne du domaine Rockford. Il hausse brusquement ses sourcils broussailleux. Un peu plus et ceux-ci touchent le logo des Rangers qui orne sa casquette.

Griffin est aussitôt sur le qui-vive.

— Ça a de la valeur?

M. Cromino émet un petit rire bref.

— Eh bien, ça en aurait peut-être... si c'était une vraie. Vois-tu, dans les années soixante et soixante-dix, on a réédité plusieurs anciennes séries de cartes. Celle-ci, celle de la boulangerie *Top Dog*, a été reproduite en 1967. J'en ai vu quelques-unes dans le passé, mais pas récemment. La qualité de reproduction est excellente.

Il place la carte sous une grosse loupe fixée au comptoir.

— Tu vois la bordure bleue unie? Elle était rayée dans l'édition originale. Les compagnies n'avaient pas le droit de faire des reproductions exactes parce que les lois sur la contrefaçon l'interdisaient. C'est comme ça qu'on reconnaît les copies.

Benjamin remarque la mine déconfite de Griffin.

— Mille neuf cent soixante-sept, c'est quand même vieux, dit-il avec espoir. La carte a sûrement un peu de valeur, n'est-ce pas?

— Tout à fait, confirme le commerçant. J'ai vu des collections complètes de ces cartes se vendre mille cinq cents dollars. Mais une seule carte... Hum, je dois reconnaître que j'ai un faible pour le Bambino. Je suis prêt à te donner cent dollars.

Griffin soupire. Son rêve de résoudre les problèmes d'argent de ses parents éclate comme une bulle de savon au soleil. Mais Griffin est un négociateur féroce.

— Cent cinquante, répond-il du tac au tac.

M. Cromino pouffe.

— Tu négocies ferme, mon garçon. Tu veux que je te dise? Cent vingt.

— Marché conclu.

Le marchand sort six billets de vingt dollars tout neufs d'un gros rouleau et les échange contre la carte. Depuis leur côté du comptoir, les garçons observent l'homme. Il se penche pour tourner la roulette d'un coffre-fort portatif qui se trouve à ses

25

pieds. Il en ouvre la porte et y enferme sa nouvelle acquisition.

Griffin se renfrogne.

— Si la carte n'a pas une grande valeur, pourquoi la mettez-vous dans un coffre-fort?

— Tu n'es pas au magasin de jouets ici, mon petit, répond Cromino d'un ton moralisateur.

L'homme s'essouffle simplement à se relever.

— On prend la sécurité au sérieux au Royaume du collectionneur, poursuit-il. Une carte de baseball, c'est la chose la plus facile au monde à voler. Planque-la dans ta poche et personne ne peut se douter qu'elle y est. Celle-ci restera dans le coffre-fort jusqu'à ce qu'elle soit cataloguée et prête à être mise en présentoir.

— Un voleur pourrait s'emparer du coffre-fort, non? demande Benjamin.

Le marchand pousse un petit grognement sonore.

— Ah, les enfants, vous êtes forts! Voler le coffre-fort. Très drôle.

Griffin prend la défense de son ami.

— Il veut dire que le coffre n'est pas très gros et qu'il y a une poignée dessus. Quelqu'un pourrait le prendre et s'enfuir avec.

M. Cromino fait signe aux garçons de passer

derrière le comptoir.

— Allez, les gars! Essayez un peu.

Griffin et Benjamin agrippent la poignée et tirent dessus. Le coffre-fort ne bouge pas.

— Allez! insiste le marchand avec un large sourire. Mettez-y un peu de nerf!

Les garçons tirent de toutes leurs forces en grognant à cause de l'effort. Rien.

M. Cromino éclate de rire.

— Il est vissé dans le plancher!

Honteux, Griffin et Benjamin repassent devant le comptoir et se dirigent vers la porte.

Tom Dufferin leur adresse un sourire de sympathie.

— Vous n'êtes pas les premiers à essayer. Et je doute que vous soyez les derniers.

— Ça a été un plaisir de faire affaire avec vous, jeunes hommes! leur crie M. Cromino. Revenez quand vous voulez.

Les deux garçons ressentent un soulagement immédiat dès qu'ils ont dépassé le chien endormi et franchi la clôture. Ce magasin a quelque chose d'inquiétant... un peu comme si l'endroit était entouré de son propre champ d'énergie.

Benjamin respire un bon coup.

— Je suis désolé que tu ne sois pas riche.

Pour toute réponse, Griffin sort les billets et en tend trois à Benjamin en disant :

— Ta part.

— Je n'ai rien fait, proteste Benjamin.

— Faux. Tu as respecté le plan alors que tous les autres se sont défilés.

C'est toujours comme ça avec Griffin. Le plan d'abord... même s'ils ont failli être enterrés vivants sous les décombres à cause de lui.

4

Il y a de la lumière dans le garage.

Ce n'est pas surprenant : la lumière est *toujours* allumée dans le garage. C'est l'atelier de M. Bing. D'aussi loin que Griffin se souvienne, il a toujours vu son père y travailler à une de ses inventions. Mais jamais son père ne s'était montré obsédé par l'une d'elles au point de quitter son emploi d'ingénieur pour s'y consacrer à temps plein.

Le Ramasseur futé^{MD}. Le ramasseur de fruits de l'avenir. Le prototype est sur l'établi quand Griffin se réfugie dans le garage, plus tard cet après-midi-là, pour échapper à la dispute de ses parents. Il appuie sur un bouton : aussitôt, le manche télescopique en aluminium s'allonge dans un vrombissement. Il actionne le bouton en sens inverse : le manche se rétracte.

Rien de pareil n'existe sur le marché. Le mécanisme de ramassage Sécurifruit^MD de l'appareil utilise des pinces capitonnées et un mouvement de torsion plutôt qu'une lame coupante, réduisant ainsi à zéro les risques d'abîmer les fruits lors de la cueillette. C'est une véritable révolution pour l'agriculture. Sauf que…

Qui a besoin d'un Ramasseur futé quand il existe des êtres humains avec des mains qui font parfaitement l'affaire?

Griffin se sent coupable d'avoir une telle pensée. Il sait pourtant que bien des gens arriveraient à cette conclusion empreinte de gros bon sens. La famille Bing a misé tout son avenir sur cette prétendue révolution. Sans cette invention, son père aurait conservé son travail et personne ne songerait à déménager. C'est à cause du Ramasseur futé que ses parents sont présentement dans la cuisine, à s'arracher les cheveux pour trouver un moyen de régler une facture avec un compte presque vide. Leurs éclats de voix se répercutent dans toute la maison. Chamailleries, déchirements, vendre A pour payer B, couper les coins ronds, réduire les dépenses, économiser, économiser, économiser.

Le pire dans tout ça, c'est que Griffin se sent absolument impuissant. L'Homme au Plan pourrait aussi bien être une boulette de pâte à modeler : il ne peut rien faire pour aider ses parents. Il est trop jeune pour travailler à temps partiel. Il ne peut même pas leur offrir les soixante dollars de la carte de Babe Ruth sans devoir leur raconter toute l'histoire de l'escapade à la vieille maison Rockford.

Lorsqu'il dépose le Ramasseur futé, la tige frôle l'antenne du vieux téléviseur noir et blanc de son père. Pendant un instant, le petit écran affiche un visage très familier, puis il se brouille de nouveau.

Hein?

Griffin joue avec l'antenne jusqu'à ce que l'image revienne. Il n'a pas rêvé. Les traits caractéristiques de Babe Ruth, tout sourire, apparaissent devant lui. C'est la carte de baseball trouvée dans la vieille maison Rockford!

Il monte le volume de l'appareil.

— ... quand j'ai acheté la collection, je n'avais aucune idée... mais dès que je l'ai vue... eh bien...

Griffin reconnaît la voix essoufflée. On dirait que son propriétaire vient tout juste de courir le marathon.

Les yeux de Sergio Cromino, pareils à des œufs au miroir, envahissent le petit écran.

Qu'est-ce qu'un gars qui vend des figurines de Star Trek *à des prix ridicules fait à la télé?* se

31

demande Griffin.

Le commerçant est dans la cour de son magasin et il brandit la carte de Babe Ruth devant un groupe de journalistes et de caméramans.

— Il existe plusieurs cartes semblables sur le marché, dit une femme. Qu'est-ce qui rend celle-ci aussi rare?

— Elle a été imprimée en 1920, explique M. Cromino, alors que Ruth commençait sa première saison chez les Yankees. Mais regardez bien l'image…

Un caméraman fait un gros plan de la carte.

— Il porte l'uniforme des Red Sox, fait-il observer.

M. Cromino hoche la tête avec enthousiasme.

— C'est exact. Les gens de la boulangerie Top Dog ont voulu couper l'herbe sous le pied aux compagnies de gomme à mâcher et de cigarettes qui dominaient le marché de la carte de baseball à l'époque. Ils ont commencé à imprimer les cartes avant que l'échange n'ait eu lieu. Après avoir constaté son erreur, la compagnie a réussi à récupérer la majorité des cartes, mais deux cents exemplaires avaient déjà été mis en circulation. Seulement une poignée d'entre elles existent encore aujourd'hui. C'est ce qui donne à cette carte une valeur aussi extraordinaire.

Griffin sent son sang bouillir dans ses veines. Quel menteur! Quel *escroc*! Il a dit que la carte était une fausse… une reproduction des années soixante! Il a inventé toute l'histoire de la bordure unie plutôt que rayée!

— Combien vaut-elle, monsieur Cromino? demande un autre journaliste. À quel prix comptez-vous la vendre?

— Messieurs, messieurs, voyons! ricane le commerçant.

Visiblement, il savoure chaque seconde de ce moment de gloire.

— Cette carte n'est pas le genre d'article sur lequel on flanque une étiquette et qu'on met en vitrine, reprend-il. La carte sera vendue au plus offrant, lors de la vente aux enchères annuelle des objets de collection de sport de la société Worthington, le dix-sept octobre prochain. Le prix de départ sera de…

Il fait une pause dramatique.

— … deux cent mille dollars.

Griffin manque de s'étouffer.

Les journalistes sont ahuris.

— Vous pensez vraiment obtenir ce prix? demande une femme.

— Je pense en obtenir *plus*, réplique M. Cromino avec un air suffisant. Les spécimens de la célèbre série T-206 atteignent fréquemment des prix de vente dans les six chiffres. La fameuse carte d'Honus Wagner de 1909 s'est récemment vendue à plus de deux millions de dollars. Celle-ci, imprimée par erreur et montrant le Bambino dans l'uniforme des Red Sox, est tout aussi rare. Les gens de chez Worthington croient que ce pourrait être la deuxième carte de l'histoire à dépasser le seuil du million de dollars.

Un million de dollars!

Griffin n'en croit pas ses oreilles.

J'ai eu la carte entre mes mains… et elle valait assez pour résoudre tous nos problèmes d'argent à jamais!

— Je m'en vais chez Ben! crie Griffin en direction de la cuisine.

Il n'attend pas de réponse de ses parents qui sont encore en train de se quereller au sujet d'un livret de chèques.

Voilà une dispute qui n'aurait pas lieu si cet horrible Cromino ne s'en était pas mêlé! se dit Griffin.

Il enfourche son vélo et s'empresse de descendre l'allée. Il espère seulement que ses parents sont trop occupés pour regarder par la fenêtre et pour remarquer qu'il tourne à gauche, c'est-à-dire dans la direction *opposée* à la maison des Slovak. Griffin a une autre idée en tête.

Il arrive au magasin de S. Cromino au moment où la conférence de presse se termine. Les journalistes et les techniciens quittent les lieux, sous l'œil vigilant du doberman.

— Désolé, petit, dit un preneur de son qui vient de bousculer Griffin au passage avec sa perche.

Le garçon se rend compte tout à coup qu'il ne sait absolument pas quoi faire. L'Homme au Plan s'est précipité au magasin sans réfléchir.

Que pourrait-il dire? *Ce n'est pas sa carte, c'est la mienne?* Techniquement, c'est faux. Griffin l'a vendue et il a été payé en retour. C'est vrai que S. Cromino lui a menti en lui racontant que la carte était fausse. C'était malhonnête, sournois, immorale et minable. Mais même minable, son geste n'était pas illégal.

Et si personne ne le croyait? À part le témoignage de Benjamin, il n'a aucune preuve confirmant que c'est bien lui qui a trouvé la carte. Les adultes n'écoutent pas les jeunes de onze ans. Au conseil municipal, ils ont refusé d'écouter une présentation de trois minutes au sujet d'un planchodrome.

Pourquoi considéreraient-ils la parole de deux garçons alors qu'il y a un million de dollars en jeu?

Une fois les journalistes partis, Griffin s'aventure jusqu'au magasin. Le doberman montre ses crocs et lui bloque l'accès à la porte. L'endroit est déjà drôlement intimidant, il faut voir ce que ça donne quand on y ajoute un chien de garde prêt à mordre.

— Ça va, Luthor, lance une voix venant du magasin.

À regret, le doberman recule et laisse entrer Griffin. M. Cromino est à son poste habituel, derrière le comptoir. Il s'arrache à la contemplation de la carte de baseball qu'il a à la main pour s'adresser au garçon.

— Qu'est-ce que je peux faire pour toi, mon petit?

— Vous le saviez, lance Griffin d'un ton accusateur. Dès que je vous ai montré la carte, vous saviez que ce n'était pas une fausse.

— Une minute, réplique le commerçant. Tu n'es pas en train de dire que le vieux bout de carton que tu m'as vendu est cette carte? Je viens de la trouver parmi une collection que j'ai achetée dans une vente de succession sur la côte ouest. Un coup de chance. Ça arrive. Quelqu'un là-haut doit me vouloir du bien.

— Dans ce cas, où est *ma* carte? demande Griffin. Montrez-moi mon vulgaire bout de carton à côté de votre chef-d'œuvre de Babe Ruth.

— Je l'ai déjà vendue. Je me suis fait avoir là-dessus, d'ailleurs. Compte-toi chanceux que je t'aie donné autant pour cette carte.

Griffin fixe l'homme, renversé par sa malhonnêteté flagrante. Il ne s'agit pas d'un enfant, mais bien d'un adulte, du propriétaire d'un commerce. Comment ose-t-il se comporter d'une manière aussi ignoble?

M. Cromino ajoute :

— Un conseil d'ami : le monde est un endroit terrible, rempli de gens qui ne feront qu'une bouchée de toi si tu leur en donnes la moindre chance. Considère ça comme ta première leçon de vie.

— Je me suis adressé à vous pour conclure un marché équitable! s'exclame Griffin, outré.

— Inutile de monter sur tes grands chevaux! raille le commerçant. Tu avais besoin d'argent et moi aussi. Tout le monde a besoin d'argent. Certains réussissent simplement mieux que d'autres à l'obtenir, voilà tout.

Griffin plisse les yeux.

— Vous ne vous en tirerez pas comme ça.

M. Cromino ricane.

— Là, tu te trompes, mon petit gars. On t'a déjà dit que la possession constituait 90 % de la loi? Dans le monde des collectionneurs, c'est 100 % de la loi. Si tu n'as pas l'objet en main, il n'est pas à toi. Maintenant, sors de mon magasin.

Il plante un doigt grassouillet dans sa bouche et émet un bref sifflement.

Luthor surgit dans le magasin en poussant un grognement qui ressemble davantage à un rugissement. Le doberman bondit vers Griffin qui recule pour l'éviter. Il heurte violemment au passage un présentoir abritant des figurines Yoda. Les mâchoires du gros chien viennent claquer à quelques centimètres de son menton tremblotant.

— Du calme, Luthor, ordonne M. Cromino avec un ricanement. Notre ami s'apprêtait justement à partir.

Le chien recule d'à peine un pas. Terrifié, Griffin parvient à contourner les figurines Yoda et à battre en retraite vers la sortie.

— Nous apprécions votre clientèle. Nous serons heureux de *ne pas* vous revoir, lance joyeusement le commerçant tandis que Griffin fait demi-tour et sort en courant.

Quand il est de nouveau sur son vélo, Griffin essaie tant bien que mal d'ordonner les pensées qui se bousculent dans sa tête.

(i) Je me suis fait ESCROQUER!!

En s'imaginant la phrase telle qu'elle aurait pu apparaître dans un de ses fameux plans, Griffin retrouve un peu d'aplomb. Une escroquerie, il a été victime d'une énorme escroquerie. C'est bien plus qu'une carte de baseball qu'on lui a prise. On lui a pris un million de dollars pour développer le Ramasseur futé. Et même si cette invention devait être un fiasco, l'argent permettrait à son père de se trouver un nouvel emploi et de repartir à zéro. C'est tout l'avenir de la famille Bing qui est en jeu dans cette affaire!

L'heure est venue pour l'Homme au Plan de concevoir le plan le plus important de toute sa vie.

Mais qu'est-ce que ce pourrait bien être? Une poursuite en justice? Ses parents arrivent tout juste à payer leur prêt hypothécaire. Où diable trouveraient-ils l'argent pour embaucher des avocats?

Non, il n'y a qu'une façon de récupérer la carte.

Sergio Cromino la lui a volée.

Griffin doit en faire autant.

5

Les yeux de Benjamin sortent pratiquement de leur orbite.

— Tu veux commettre un *quoi?*

— Chuuut! murmure Griffin.

C'est l'heure du dîner et la cour d'école est bondée.

— Un cambriolage.

— Un cambriolage? Comme dans les films? Mais c'est du vol!

— Je ne vole pas la carte, fait remarquer Griffin. Je la *reprends*. Grosse différence.

— Crois-tu que la police va voir ça du même œil?

— Et que penserait la police d'un propriétaire de magasin qui escroque les enfants? réplique Griffin.

— S. Cromino, soupire Benjamin. Ne jamais

faire confiance à quelqu'un dont le nom sonne comme le mot *escroc*.

—C'est l'escroc *suprême*, abonde Griffin. Il m'a escroqué d'aplomb. Et la seule manière de retrouver la carte, c'est de la lui reprendre. Qu'en dis-tu?

Une main s'abat sur l'épaule de Benjamin.

— Je dis qu'il est l'heure pour monsieur Slovak de prendre les médicaments pour ses allergies, déclare Mme Savage, l'infirmière de l'école.

— Oh… Oui, bien sûr! s'exclame Benjamin, surpris.

La dernière chose que Benjamin souhaite, c'est que l'infirmière de l'école ait vent d'un projet de cambriolage. Il lui emboîte le pas parmi le dédale de cordes à sauter tourbillonnantes.

Griffin attrape son ami par le poignet.

— Hé, si tes allergies sont aussi graves, demande-t-il à voix basse, pourquoi tu n'éternuais pas dans la moisissure et la poussière de la vieille maison Rockford?

Benjamin hausse les épaules.

— Les médicaments doivent vraiment faire effet.

Puis, il profite de ce que Mme Savage lui tient la porte pour s'engouffrer dans l'école.

Griffin sent quelque chose de pointu lui écorcher

la nuque.

— Hé! Qu'est-ce...

Il se retourne d'un bloc et tombe nez à nez avec un élève de sixième, format joueur de football de la NFL, qui l'agace au moyen d'une longue branche.

— Darren, qu'est-ce que tu fais au juste? s'écrie Griffin.

— Tu ne devines pas? se moque Darren Vader en éraflant le nez de Griffin avec le bâton. Je teste ma nouvelle invention. Voici le Bidule nul. Oh, désolé! J'ai pris ta tête pour une noix de coco.

Furieux, Griffin écarte la branche d'un geste brusque.

— Ça s'appelle un Ramasseur futé et c'est un chef-d'œuvre de technologie!

Jamais il n'aurait parlé à Darren de ses doutes au sujet de l'invention de son père.

— D'ailleurs, tu ne saurais rien de tout ça si tu ne fourrais pas ton nez partout.

— Je n'ai pas fouiné, se défend Darren. Ma mère avait étalé les documents sur la table de la cuisine.

Mme Vader est l'avocate qui s'occupe du brevet du Ramasseur futé.

— Et bingo! Ça t'a donné l'idée d'aller raconter ça à toute l'école, lui reproche Griffin.

— Excuse-moi. Je voulais être sûr qu'un

inventeur de génie se voit attribuer un peu de crédit. Vous allez être riches, un jour... tu sais, quand des millions de personnes décideront de quitter leur emploi pour aller ramasser des fruits.

— Ferme-la! gronde Griffin. Tu es bon pour parler, mais quand vient le temps de passer à l'action, tu ne vaux rien! La vieille maison Rockford, par exemple, hein? Où étais-tu vendredi soir?

— J'avais la grippe, marmonne Darren.

— Tu ne sembles pas à l'article de la mort, pourtant!

— C'était un virus éclair : vingt-quatre heures et c'est fini! s'exclame Darren.

— Ouais... Ça devait courir dans le coin.

Griffin émet un claquement de langue désapprobateur et hausse la voix pour se faire entendre des autres élèves de sixième année qui se trouvent tout près.

— Beau geste de solidarité que vous avez posé là : nous laisser seuls, Ben et moi, pour prendre la défense des jeunes de la ville.

— Désolée, Griffin, répond Antonia Benson, mieux connue sous son nom de grimpeuse : Pic. J'étais au centre d'escalade intérieur avec ma famille. J'ai complètement oublié.

—Moi aussi, reconnaît Marcus Oliver. Ça m'est

totalement sorti de la tête.

Griffin est sceptique.

— Par contre, vous n'avez pas oublié de bourrer le crâne de Ben avec vos histoires de crampons de rail et d'animaux démoniaques.

— Ça n'existe pas des animaux démoniaques, corrige Savannah Drysdale. Tous les animaux ont le cœur pur. Parlant d'animaux, c'est justement parce que Madame Curie allait mettre bas que je ne suis pas venue vendredi. C'est mon hamster.

— Et alors? s'empresse de demander Pic.

— Elle a eu un mâle! s'écrie Savannah, ravie, puis un autre mâle et trois femelles.

— Eh bien moi, si je n'étais pas là, ce n'est pas pour une raison nulle comme celles-là, déclare Logan Kellerman avec arrogance. Je prépare une audition pour une publicité de crème contre l'acné. Je devais rester à la maison pour répéter.

— Répéter quoi? ricane Darren. Comment pincer des boutons?

— Tu ne connais vraiment rien au travail d'acteur. Tout est dans l'émotion. Les spectateurs doivent vraiment croire que j'ai du chagrin à cause d'un bouton.

— Tu *es* un bouton, grogne Darren.

— Enfin, peu importe la raison, nous sommes

tous désolés, Griffin, reprend Pic. On n'aurait pas dû te laisser tomber comme ça. Peut-être que certains d'entre nous avaient *un peu* peur. Peut-être qu'on s'est juste dit que ça ne donnerait rien. Quand je suis passée à côté du gros tas de décombres, ce matin, j'ai regretté de ne pas y être allée. C'est notre faute.

— Tu parles que c'est votre faute, réplique Griffin sur un ton de reproche.

Maintenant que le fruit de cette aventure — la carte de Babe Ruth — est entre les mains potelées de S. Cromino, il n'est pas d'humeur à leur expliquer pourquoi.

Les élèves de M. Martinez travaillent à leur rédaction quand Benjamin revient en classe. Il prend place à côté de Griffin en évitant avec soin les yeux scrutateurs de son ami.

— Il faut qu'on se voie après la classe pour commencer à travailler sur le plan, murmure Griffin avec empressement.

Benjamin redoutait cette conversation. Il y a pensé chaque seconde pendant qu'il était dans le local de l'infirmière. Depuis toujours, Benjamin accepte de participer aux plans de Griffin. Dès le début, alors que leurs vélos avaient encore leurs petites roues d'entraînement, il était partant. Avec le temps, les plans sont devenus aussi réguliers que le lever du soleil. C'est justement ce qui rend son aveu aussi difficile.

— Griffin, je ne peux pas.

— Évidemment, il va falloir surveiller le magasin, continue Griffin. Tu sais, trouver des points faibles...

Benjamin n'est même pas surpris de constater que Griffin n'a pas entendu son refus. Une fois que son ami est lancé sur une mission, seul un tremblement de terre arriverait à le déconcentrer.

— Hé, tu ne m'écoutes pas, mon vieux. Je ne peux pas le faire. La réponse est non.

La secousse semble suffisante.

— De quoi parles-tu? s'étonne Griffin. Pourquoi?

Benjamin le regarde, l'air impuissant.

— Bon, par où je commence? Voler, c'est interdit par la loi, on ne sortirait jamais d'un tel pétrin et c'est tout simplement mal. Voilà pourquoi.

— Ce n'est pas mal, rétorque farouchement Griffin. Ce que Cromino a fait, *ça*, c'est mal. On ne fait que rétablir l'ordre des choses.

— Bon, d'accord, ce n'est pas mal. Mais c'est mal pour *nous*. Nous ne sommes pas des cambrioleurs.

Je sais qu'on est d'accord, toi et moi, pour dire que les jeunes sont capables de faire tout ce que les adultes font… mais pas ça.

Griffin hausse le ton.

— Dans ce cas, S. Cromino *gagne!*

— Chut! fait M. Martinez depuis son bureau.

— Comment peux-tu laisser ce pauvre type se moquer de nous? poursuit Griffin d'une voix à peine plus faible. Comment peux-tu le laisser *s'enrichir* sur notre dos? C'est *ma* carte, *mon* argent. *Notre* argent plutôt, parce que j'avais l'intention de t'en donner la moitié!

— Je ne veux pas être riche, proteste Benjamin. Bon, d'accord, peut-être que je veux, mais pas de cette façon.

— Silence, les garçons! avertit leur enseignant.

— Je dois le faire, insiste Griffin. Je ne peux pas t'expliquer pourquoi, mais j'ai une bonne raison de le faire. C'est le plan le plus important de ma vie!

— Tu dis toujours ça! Chaque nouveau plan est toujours le plus important… jusqu'à ce que tu en pondes un autre!

— Cette fois, c'est vrai! L'argent…

— Griffin et Benjamin, tranche M. Martinez avec colère, puisque vous ne pouvez pas travailler en silence côte à côte, vous allez changer de place.

Benjamin, va t'asseoir là-bas, à côté de Logan. Griffin, prends le pupitre libre derrière Melissa.

— Mais, monsieur Martinez... commence Griffin.

— *Tout de suite.*

Tandis qu'il rassemble ses papiers, Griffin jette un regard suppliant à son meilleur ami et articule en silence les mots « *s'il te plaît* ».

À regret, Benjamin parvient tout juste à trouver la force de faire non de la tête.

Griffin est totalement anéanti. Bon an, mal an, il y avait toujours eu cette constante dans sa vie, cette chose sur laquelle il pouvait compter, en dépit des inondations ou des chutes d'astéroïdes : la volonté de Benjamin à le suivre n'importe où.

Et voilà qu'aujourd'hui, alors que l'enjeu est super important, son ami fidèle le laisse tomber.

Jamais Griffin ne s'est senti aussi démuni.

6

*L*ogan Kellerman est ridicule.

C'est ce que conclut Benjamin après avoir passé trois jours à côté de ce garçon. L'audition de la publicité de crème contre l'acné s'est mal déroulée et ça l'obsède depuis. Il s'affale sur son pupitre, son visage (qu'il a déjà long) s'étirant comme une banane, et il blâme tout le monde sauf lui-même pour son échec : le régisseur de distribution, ses parents, Sanjay Jotwani…

— C'est qui Sanjay Jotwani? demande distraitement Benjamin.

— Oh, seulement le meilleur mentor d'art dramatique que l'Inde ait jamais produit. Il donne des leçons particulières en ville. Devine qui a des parents trop radins pour lui en payer?

Benjamin jette un regard envieux à l'autre bout

de la classe où Griffin est assis, juste derrière Melissa Dukakis. Ce qui embête Benjamin et qui le rend si impatient avec Logan, c'est l'obstination de Griffin à rester à sa nouvelle place. La punition est terminée. M. Martinez leur a permis de reprendre leur place habituelle, mais Griffin est tellement fâché du refus de Benjamin de participer au cambriolage de la carte de baseball qu'il ne bouge pas.

— Je ne m'assois pas à côté d'un traître, a répondu Griffin lorsque Benjamin a fait une tentative de retour.

Ce sont les seules paroles que son meilleur ami a prononcées au cours des trois derniers jours. Le silence glacial qui règne entre eux est devenu tellement lourd que les autres élèves commencent à le remarquer. Pic demande souvent ce qui se passe et même Darren y va de son petit commentaire :

— Alors, qui a dissous la Patrouille des andouilles?

Comment Benjamin pourrait-il expliquer la situation? Les mêmes qualités de fonceur qui caractérisent l'Homme au Plan rendent Griffin aussi têtu qu'une mule lorsqu'il est mécontent de quelque chose.

— Ça ne fait même pas deux mois que Kate

Mulholland travaille avec Sanjay Jotwani et elle a déjà décroché un rôle dans une publicité de médicament pour les brûlures d'estomac, se lamente Logan. Je suis meilleur que Kate Mulholland. Je sais jouer les brûlures d'estomac. Je sais jouer les problèmes gastriques. Pour la constipation, je suis meilleur que n'importe qui dans le métier.

Au moins, Benjamin ne peut pas dire que Griffin s'amuse comme un petit fou avec Melissa, à l'autre bout de la classe. Elle a la réputation d'être un génie de l'informatique, mais c'est impossible à vérifier. Melissa est la fille la plus timide en ville. Elle passe la majeure partie de son temps cachée derrière ses cheveux longs et raides qui lui masquent complètement le visage.

Tandis que Benjamin l'observe, Melissa agite sa tête jusqu'à ce que le rideau de cheveux s'amincisse assez pour révéler une peau pâle et de grands yeux ronds. Elle grommelle une réponse d'un seul mot à la question que Griffin lui a posée.

Logan repousse ses livres et pose sa tête sur son pupitre en poussant un gros soupir.

— À quoi bon? Comment réfléchir alors que toute ma carrière est en train de s'effondrer? Mes parents sont bien trop coincés dans leur mentalité de la côte est pour comprendre ce qu'il faut pour percer à Hollywood.

Benjamin ferme les yeux et s'imagine dans un endroit lointain, où il n'y a pas de carte de baseball d'un million de dollars et où les cambriolages n'existent que dans les films d'action.

C'est donc à ça que ressemble la fin d'une amitié : Griffin est coincé avec une fille qui ouvre à peine la bouche et Benjamin doit supporter un garçon qui ne la ferme jamais.

Si les heures de classe sont devenues misérables, celles après la classe sont encore pires. Benjamin est tellement habitué à passer tout son temps libre avec Griffin qu'il n'est pas seulement déprimé… il s'ennuie à mourir. Une combinaison mortelle.

Il se promène beaucoup à vélo, comme s'il pouvait laisser son ennui loin derrière lui en pédalant suffisamment fort. Il a dû passer une bonne douzaine de fois devant le site de l'ancienne maison Rockford. Les débris ont été ramassés. Il ne reste plus que la fondation en pierre de la maison et sa boîte aux lettres démodée… Elle trône à l'avant du site comme une pierre tombale dédiée aux fantômes et aux meurtriers qui n'ont probablement jamais vécu ici.

L'endroit lui rappelle Griffin… comme tous les autres lieux, d'ailleurs. Pour Benjamin, la plupart des endroits dans la ville ont un lien quelconque avec Griffin : l'école, l'hôtel de ville, le magasin de S. Cromino. Sans trop savoir comment, il se retrouve bientôt sur la rue de Griffin, comme si son vélo connaissait le chemin et l'y avait conduit tout seul. Combien de fois par le passé a-t-il roulé jusqu'à ce pâté de maisons et tourné dans cette entrée si familière?

Une femme qu'il ne connaît pas est sur la pelouse devant la maison. Elle tape à coups de marteau sur le pieu d'une pancarte. Benjamin plisse les yeux pour lire le message qui y est inscrit :

À VENDRE

Il ne saura jamais exactement ce qui s'est passé. Tout ce qu'il sait, c'est qu'il effectue un vol plané qui le fait atterrir rudement dans la rue... où il érafle toute la peau de son coude gauche sur la bordure en ciment du trottoir.

La femme à la pancarte se précipite vers lui et l'aide à se relever.

— T'es-tu fait mal?

Benjamin remarque à peine la douleur qui irradie de sa blessure au bras.

— Cette maison n'est pas à vendre!

— Elle l'est depuis ce matin. Veux-tu que je te conduise quelque part? Est-ce que ta mère est à la maison?

Benjamin se dégage aussitôt de l'emprise de la dame.

— Des gens vivent ici!

La porte s'entrouvre : c'est Griffin qui jette un coup d'œil dehors.

— Ben?

Benjamin désigne la dame.

— Elle essaie de vendre votre maison à votre insu!

— Ça va, madame Brompton, explique Griffin. C'est mon ami.

Il pousse Benjamin vers la salle de bain, puis fait couler de l'eau sur sa blessure.

— Calme-toi, mon vieux. C'est notre agente immobilière.

— Votre agente immobilière?

Benjamin s'éloigne si brusquement du lavabo que des gouttelettes d'eau rosée éclaboussent le plancher.

— Tu veux dire que ta maison est *vraiment* à vendre? Tu vas déménager?

Griffin hoche la tête.

— Tout ça parce que je ne veux pas participer au cambriolage?

— Bien sûr que non. Écoute…

Griffin n'a parlé à personne des problèmes financiers de ses parents. Benjamin l'écoute très attentivement.

— C'est pour ça que j'étais aussi furieux pour la carte de Babe Ruth, conclut Griffin. Avec cet argent, on aurait sauvé notre maison. Ça aurait permis à mon père de développer son projet. Ça aurait tout changé pour ma famille. Comment est-ce que je peux laisser ce minable escroc me prendre tout ça?

— Je… Je ne sais pas quoi dire, bafouille Benjamin.

S'il a trouvé les dernières journées horribles, il comprend que ce n'était rien comparé à ce que Griffin a dû traverser. Pas étonnant que l'idée du cambriolage l'obsède autant. Il se démène pour sauver sa maison et ses parents.

Malgré l'horreur qu'il ressent à l'idée que Griffin déménage, Benjamin prend conscience qu'une émotion encore plus puissante l'envahit. Il s'est toujours demandé comment ce serait d'être dans la peau de Griffin. Il a toujours rêvé d'expérimenter l'essentiel du caractère de son ami : avoir un but très net et très précis. D'un seul coup, tous ses doutes et toutes ses craintes à propos du cambriolage s'évanouissent. Il ne lui reste plus que la certitude absolue que c'est non seulement la bonne chose à faire, mais que c'est aussi la *seule* chose à faire.

— Tu penses vraiment qu'on peut perpétrer un cambriolage? demande Benjamin.

L'Homme au Plan lui adresse son plus beau sourire.

LE GRAND CAMBRIOLAGE
DE LA CARTE DE BASEBALL

Plan d'attaque :

(i) Entrer dans le MAGASIN de l'ESCROC.

(ii) Localiser le COFFRE-FORT derrière le COMPTOIR-CAISSE.

(iii) Percer un TROU sur le côté du COFFRE-FORT à l'aide du CHALUMEAU de papa.

(iv) Revenir RICHE à la maison.

Obstacles majeurs :

(i) BARRIÈRE cadenassée

(ii) CLÔTURE de 2 m de haut

(iii) VITRE de SÉCURITÉ sur la PORTE avant

(iv) 3 VERROUS

(v) Système ANTIVOL (Comment en découvrir le CODE D'ACCÈS?)

(vi) Le facteur X — (Quelqu'un qui relie ses présentoirs à un système d'alarme et qui boulonne son coffre-fort dans le plancher doit bien avoir quelques SURPRISES en RÉSERVE.)

Rapport de surveillance :

(i) Heures d'ouverture : 10 h à 18 h

(ii) L'ESCROC quitte les lieux à 17 h 30 dans sa HONDA ELEMENT noire.

(iii) Le gérant adjoint TOM DUFFERIN ferme le magasin à...

G riffin chuchote avec excitation :

— Six heures pile! Puis il note le renseignement dans son carnet.

Les deux garçons sont cachés au cœur d'un énorme buisson de cèdre planté juste en face du magasin de S. Cromino, de l'autre côté de la 9e rue.

— Hé, Griffin, tu me laisses un peu de place? se lamente Benjamin. J'ai une branche pointue enfoncée sous l'aisselle.

Ils regardent M. Dufferin monter à bord d'une voiture garée près du trottoir. Griffin note la marque et le modèle du véhicule au moment où le gérant adjoint s'éloigne.

Les deux garçons s'extirpent du buisson, secouant et étirant leurs membres endoloris.

— Qu'est-ce que tu penses de la clôture? réfléchit

Griffin à voix haute.

— Je pense que c'est une clôture entourant un magasin verrouillé et doté d'un système antivol, affirme Benjamin. Un jeu d'enfant… si on est fait d'ectoplasme et qu'on a la faculté de traverser les murs.

— Ce n'est pas parce qu'on n'a pas encore trouvé le moyen de pénétrer dans le magasin que c'est impossible, réplique Griffin. Quand on désire vraiment quelque chose, on finit par l'obtenir.

Ils traversent la rue et se plantent devant la lourde chaîne qui ferme la barrière.

— On pourrait l'escalader?

Pour vérifier, Griffin coince son gros orteil dans le grillage et se hisse à l'aide de ses bras.

Sorti de nulle part, Luthor bondit. Le gros doberman s'élance droit sur la clôture, du côté opposé à Griffin. Stupéfait, le garçon perd pied et tombe à la renverse dans les bras d'un Benjamin complètement terrifié. Tous les deux terminent leur chute sur le dos, étendus sur le trottoir. Le monstre, lui, reste accroché au grillage par les dents, grondant et grognant de plus belle.

Griffin remet Benjamin sur pied et tous deux se précipitent vers leur abri dans le buisson, de l'autre côté de la 9e rue.

Griffin sort son carnet et y note en grosses lettres : MAÎTRISE DE L'ANIMAL?!?!

— Tu veux maîtriser *cette* bête? s'étrangle Benjamin. Je n'ai pas du tout envie d'être son repas.

Griffin semble songeur.

— Qui connaît les animaux mieux que quiconque à Cedarville?

8

Savannah Drysdale est en train de parler à un lapin.

Assise sur son couvre-lit violet à froufrous, elle berce lentement l'animal qu'elle tient sur ses genoux et murmure des mots doux dans son oreille pendante. Griffin et Benjamin ne peuvent pas entendre ce qu'elle lui dit, mais il est clair que l'animal est parfaitement calme dans ses bras.

Mme Drysdale s'éclaircit la voix :

— Savannah.

Elle reprend, plus fort, avant de disparaître dans le couloir :

— Savannah, tes amis sont ici.

En les apercevant, Savannah affiche une mine sceptique, mais elle pose tout de même le lapin par terre. Il sautille jusqu'à une cage élaborée placée dans un coin de la pièce. Il y a là un tube distributeur d'eau qu'il partage avec deux hamsters.

— J'imagine que tu as plusieurs animaux de compagnie, avance Griffin.

— Pas « de compagnie », le corrige Savannah, pointilleuse. Ici, nous sommes tous égaux : mes parents, mon frère, notre chien, nos deux chats, nos quatre lapins, nos sept hamsters, nos trois tortues, notre perroquet, notre caméléon albinos et moi.

— S'il est albinos, comment fait-il pour changer de couleur? demande Benjamin.

— Il reste toujours blanc. C'est une infirmité. Et il s'appelle Lorenzo, pas « il ».

Prudent, Griffin s'éclaircit la voix, puis dit :

— C'est vraiment chouette que tu sois capable de parler aux lapins. Est-ce que ça marche avec d'autres animaux?

— On ne discute pas de la météo, si c'est ce que tu veux dire. Les animaux sont sensibles au ton de notre voix, à sa vibration. Ils savent à qui faire confiance et de qui se méfier. Ils ne peuvent peut-être pas comprendre le sens des mots, mais ils sentent s'ils sont en sécurité. Ce n'est pas une conversation, mais oui, on peut communiquer avec eux. Pourquoi tu me demandes ça?

— On veut que tu parles à un chien, laisse

échapper Benjamin.

Savannah plisse les yeux.

— Quel chien?

— Tu te souviens d'avoir affirmé que tous les animaux ont le cœur pur? lui rappelle Griffin. Eh bien, il y a un chien de garde sur la 9e rue, un doberman, qui est plutôt du genre tyrannosaure... Tu sais, malfaisant, méchant, sournois...

— Arrête tout de suite, l'interrompt Savannah. Si un chien de garde est méchant, c'est parce qu'il a été entraîné à être méchant. Si on prend un chiot naissant et qu'on le dresse en ne valorisant que les comportements agressifs, on obtient un chien adulte agressif.

— C'est Luthor tout craché, commente Benjamin.

— Mais le chien n'y est pour rien! s'insurge Savannah. Et ça ne veut pas dire qu'un chiot adorable ne se cache pas sous cette carapace de brute. Au contraire, un cœur pur n'attend peut-être que l'occasion de pouvoir s'exprimer au grand jour.

— Est-ce que ça se pourrait que le bon chien ait été emprisonné tellement longtemps à l'intérieur de la brute qu'il n'existe plus? interroge Griffin en exagérant exprès pour amadouer Savannah. Il ne resterait plus qu'un chien méchant à cent pour cent. Ce serait tellement *triste*.

— Ça n'existe pas un chien méchant à cent pour cent, tranche Savannah, catégorique. Montrez-moi ce doberman.

18 h 10 : Tom Dufferin saute dans sa voiture et quitte le Royaume du collectionneur. Au même moment, Griffin et Benjamin sortent d'une ruelle et escortent Savannah jusqu'à son rendez-vous avec Luthor.

— Quelle bête spectaculaire! murmure-t-elle en apercevant le doberman.

Puis, elle ravale un sanglot d'émotion et ajoute en se ressaisissant :

— Excusez-moi, mais quel genre de sans-cœur peut bien emprisonner un animal aussi noble et élégant derrière une clôture?

— Le genre de personne qui n'a pas envie que son animal noble et élégant dévore les piétons? suggère sèchement Benjamin.

— Il plaisante, intervient aussitôt Griffin. Il faut voir le proprio du commerce : on ne dirait pas qu'il vend des illustrés, on dirait qu'il dirige une base militaire. À l'intérieur, tous les objets sont sous clé et les présentoirs sont reliés à un système antivol.

Griffin est véritablement outré. À Cedarville, le magasin de S. Cromino est de loin l'endroit le plus difficile à cambrioler.

Savannah hoche la tête avec un air grave.

— Aux yeux de cet homme, ce chien magnifique n'est rien d'autre qu'une pancarte *Entrée interdite*. Eh bien, c'est ce que nous allons voir… Luthor, mon chéri, appelle-t-elle d'une voix aimable, viens me dire bonjour. Je suis une amie.

Le doberman cesse aussitôt de patrouiller la cour pour fixer Savannah. Ses yeux reflètent tout sauf de l'amitié. Un grondement sourd s'élève : il semble sortir tout droit du ventre du chien.

— Tu as raison, glisse-t-elle d'un ton neutre à Griffin. Je sens une certaine résistance. On n'a enseigné que la colère et la haine à cette pauvre bête.

— Non, tu t'en sors bien! l'encourage Griffin. Avec moi, il essayait de percer la clôture à grands coups de dents.

Elle fait un autre pas. Les garçons restent derrière. Luthor dresse les oreilles. Le grondement se fait plus fort.

— Je ne veux pas voir ça, gémit Benjamin.

Savannah lui décoche un regard furieux.

— Tu vas tout faire rater. Un animal est doté d'un radar sophistiqué qui capte toutes les émotions autour de lui. Ta négativité l'effraie.

— Même Godzilla ne pourrait pas effrayer ce chien, marmonne Benjamin en s'éloignant.

Savannah ouvre un petit sac et en sort un jouet en caoutchouc dur. C'est un caniche rose, garni d'un pelage abondant et d'une queue en pompon.

Griffin fronce les sourcils en l'apercevant.

— C'est quoi, ce truc? Le frère dont il a été séparé à la naissance?

— Pour développer la cruauté d'un chien de garde, on s'organise pour qu'il vive dans la confrontation et les conflits, explique Savannah. Je dois donc ranimer le côté joueur de sa personnalité, l'imagination, la fantaisie, le plaisir. Tout ça est éteint depuis tellement longtemps.

Elle se tourne vers le doberman et lui adresse un sourire engageant.

— Tiens, Luthor. Je t'ai apporté quelque chose.

Elle lance doucement le jouet par-dessus la clôture.

Le jouet n'a pas le temps de toucher le sol. Dans un grognement à figer le sang, Luthor bondit dans les airs et intercepte le cadeau avec ses puissantes mâchoires destructrices.

Il déchiquette le caniche en quelques secondes à peine. Le doberman reste planté au milieu des morceaux de caoutchouc rose. À voir la scène, on dirait que quelqu'un a balancé toute une boîte de gommes à effacer dans un moteur d'avion.

— Ouah! parvient à dire Griffin, estomaqué.

Savannah hoche la tête en guise d'approbation.

— Quelle bête magnifique!

Magnifique n'est pas exactement le mot que Griffin et Benjamin auraient choisi.

Pendant que Savannah visite chaque soir le magasin dans l'espoir d'éveiller le chiot intérieur de Luthor, Griffin et Benjamin concentrent leur attention sur le système antivol de l'Escroc.

Durant trois jours consécutifs, ils passent tout leur temps après l'école dans le salon des Slovak, à scruter l'écran plasma du téléviseur. Ils s'écrasent le nez contre l'écran et tentent péniblement de suivre les mouvements d'un doigt géant.

— Je vois des points bleus danser devant mes yeux, se plaint Benjamin.

— T'as de la chance, lui répond Griffin. Moi, je ne vois presque plus rien du tout. Allez, on continue, on y est presque.

C'était l'idée de Griffin de filmer Tom Dufferin en secret pendant qu'il entre le code du système antivol. Les garçons tentent maintenant de découvrir les chiffres du code en observant les mouvements des doigts du gérant adjoint. Au cours des soixante-douze dernières heures, ils ont eu le loisir d'étudier chaque détail de ses ongles et chaque ride de sa peau, mais les quatre chiffres du code continuent à leur échapper.

Griffin recule la vidéo et la fait jouer à nouveau.

— Je pense que le premier et le dernier chiffres du code sont « un ». Tu vois? Le doigt est en haut à gauche. Le troisième chiffre est probablement un zéro : le doigt est tout en bas du clavier. Il ne manquerait plus que le deuxième chiffre.

— Il est vis-à-vis du un, mais plus bas, constate Benjamin. Qu'est-ce qu'il y a sous le un?

— Le quatre ou le sept. Ce serait donc *un-quatre-zéro-un* ou *un-sept-zéro-un*.

— Si on se trompe, l'alarme va se déclencher et on va avoir tous les policiers de la ville sur le dos, dit Benjamin d'une voix angoissée.

Griffin pousse un soupir et met la vidéo sur pause.

— Alors, comment est-ce que Savannah se débrouille avec Luthor?

Benjamin est chargé de superviser les séances nocturnes d'apprivoisement pendant que Griffin met au point le reste du plan.

— Super, raille Benjamin. À ce rythme-là, on

n'aura pas à se soucier du système antivol. On va tous les deux être déchiquetés avant même d'avoir atteint la porte.

— Pas d'amélioration depuis la dernière fois?

— Il aboie un peu moins fort, concède Benjamin, mais c'est seulement parce qu'elle lui donne des bouchées au beurre d'arachide qui lui collent aux dents et lui gardent la gueule fermée. S'il n'y avait pas de clôture, il recracherait les bouchées et dévorerait Savannah tout rond.

— Elle dit qu'elle peut réussir, insiste Griffin. Elle dit qu'il suffit que le chien baisse sa garde et lui fasse confiance.

— Je me sens un peu minable de l'entraîner dans notre histoire, admet Benjamin. Elle a probablement mieux à faire que de passer ses soirées agenouillée près d'une clôture à essayer d'amadouer une bête féroce en lui murmurant des mots doux à l'oreille.

— On lui donnera sa part de l'argent que rapportera la carte de Babe Ruth quand on l'aura, promet Griffin.

— Vous êtes sûrs que vous voyez bien à cette distance, les gars? demande une voix.

Surpris, Benjamin tente d'attraper la télécommande, mais trop tard : son père est déjà dans le salon.

M. Slovak fronce les sourcils.

— Qu'est-ce que vous regardez? Un genre de télé-réalité maison?

Griffin s'empresse de répondre.

— C'est un travail pour l'école. On doit deviner le code, déclare-t-il en faisant défiler la vidéo à nouveau. On pense que c'est *un-quatre-zéro-un* ou *un-sept-zéro-un*.

— Eh bien, on peut dire que l'école a changé depuis l'apparition des trois R, commente le père de Benjamin. Je n'en ai aucune idée. À moins que…

Son visage affiche une expression bizarre.

— Votre enseignant serait-il un mordu de la série *Star Trek*, par hasard?

Griffin s'anime.

— Pourquoi?

— Les gens choisissent souvent des combinaisons de chiffres qu'ils retiendront facilement. Dans la série *Star Trek* originale des années soixante, le numéro de série du vaisseau *USS Enterprise* était NCC 1701.

Puis, il ajoute d'un air gêné :

— Je sais… Je suis pathétique.

Griffin songe aux présentoirs aperçus dans le magasin de S. Cromino. Ils abritaient des figurines, des modèles réduits et des jouets dérivés de douzaines d'émissions de télévision, de films et de modes diverses, mais la série *Star Trek* des années soixante semblait être une des préférées du propriétaire.

— Ne vous inquiétez pas, monsieur Slovak, lâche Griffin, incapable de contenir sa joie. Je crois que le gars à qui nous avons affaire est un mordu de *Star Trek*, lui aussi.

9

Pour Griffin, concevoir un plan, c'est comme faire un casse-tête. Au début, il n'y a qu'un mince cadre formant le contour, puis tranquillement, les morceaux viennent s'ajouter et l'image apparaît peu à peu. Dans le cas du cambriolage de la carte de baseball cependant, un gros trou noir nommé Luthor vient gâcher l'image finale.

C'est la quatrième fois que Savannah rencontre Luthor et elle est toujours aussi perplexe.

— Je ne le comprends pas, confesse-t-elle en s'adossant contre la clôture du Royaume du collectionneur. Je l'ai nourri, je l'ai calmé, je lui ai parlé, j'ai tenté de le raisonner. Hier soir, j'ai même regardé deux fois le film *L'Homme qui murmurait à l'oreille des chevaux* en espérant y trouver une idée.

— Tu devrais peut-être regarder *César, l'homme qui parle aux chiens*, suggère Benjamin avec un air sombre.

— J'ai déjà visionné la série au complet, réplique-t-elle avec sérieux. Rien à faire. Je n'aurais jamais cru qu'un jour j'abandonnerais un pauvre animal innocent, mais je dois le reconnaître : je n'ai aucun succès avec ce chien.

Griffin est pris de panique.

— Tu laisses tomber? Non! Tu ne peux pas faire ça!

Elle hausse les épaules, impuissante.

— Crois-moi, je n'en suis pas fière. Mais je n'ai pas le choix, dit-elle en désignant Luthor de l'autre côté de la clôture. Regarde ses yeux. Il n'y a aucun relâchement dans sa colère. Ni même aucune curiosité à mon sujet. C'est mon quatrième soir ici, mais pour lui, je ne suis encore qu'une intruse.

Griffin est complètement dévasté.

— Tu ne peux pas nous abandonner maintenant! gémit-il. S'il te plaît, *s'il te plaît*, essaie encore une fois!

Dans les yeux de Savannah, la déception se métamorphose soudainement en une grande méfiance.

— Une minute. Je vous connais, tous les deux.

Vous ne vous démenez pas autant juste pour un chien. Qu'est-ce qui se cache derrière tout ça?

Griffin hésite. Plus il y a de personnes impliquées dans une opération et plus il y a de chances que l'une d'elles vende la mèche. Mais il n'a pas le choix. Sans une dresseuse de chiens pour neutraliser Luthor, tous ses plans seront voués à l'échec.

Ne voyant aucune façon d'embellir les faits, il décide de lui dire toute la vérité.

— On veut que tu calmes le chien pour entrer par effraction dans le magasin et y voler une carte de baseball.

Savannah est bouche bée. La voyant sous le choc, Griffin s'empresse d'ajouter :

— Ce... Ce n'est pas aussi pire que ça en a l'air! On... On va te donner une partie de l'argent!

Son visage est cramoisi. Elle est furieuse.

— Je n'arrive pas à en croire mes oreilles! Vous voulez que je vous aide à commettre un vol! Ou bien vous êtes fous, ou bien vous croyez que je suis *folle!* Je vais tout raconter à ma mère! Je vais tout raconter à S. Cromino! Je vais tout raconter à la police!

Elle élève la voix et gesticule avec tant d'énergie que quelques-uns de ses doigts passent dans le grillage de la clôture.

Tel un requin humant l'odeur du sang dans l'eau, Luthor bondit pour les mordre. Il lui aurait croqué deux doigts si Benjamin n'avait pas éloigné Savannah de la clôture d'un geste rapide.

Encore plus enragée, Savannah fait volte-face et apostrophe le doberman :

— *Et toi, misérable source de gaspillage de nourriture pour chien, comment oses-tu me faire ça? J'ai toujours été gentille avec toi et c'est comme ça que tu me remercies? Tu ne mérites pas d'être un animal! Attraper la rage, ce serait juste trop bien pour toi! Tu mérites d'être mis dans une fusée et envoyé directement sur l'alpha du Centaure, espèce de sale canin psychopathe grincheux et sans âme!!!*

Griffin et Benjamin restent figés, complètement atterrés par le changement subit de leur camarade de classe. Ils n'ont jamais entendu une telle tirade de toute leur vie… et surtout pas venant de la douce et sérieuse Savannah Drysdale.

Mais la réaction des garçons n'est rien par rapport à l'effet que le discours produit sur Luthor. Le chien enragé tombe de la clôture comme si son corps n'avait subitement plus un os. Il se couche ventre à terre et rampe en direction de Savannah. Il agite la queue et pousse de petits gémissements, tout en levant vers elle des yeux tristes et suppliants.

— Savannah... dit Benjamin, sidéré. Regarde!

— Je n'oublierai jamais ce que vous avez fait, tous les deux! lance-t-elle, cinglante. Pensez-vous que je voulais briser l'âme de cet animal fier et glorieux?

— C'est parfait! insiste Griffin. C'est *exactement* ce qu'on attendait de toi!

— Voyez-vous ce que le crime est en train de faire de vous? rage Savannah. Non seulement vous allez tous les deux finir en prison, mais en plus, vous me forcez à renier toutes mes croyances! J'ai anéanti ce chien magnifique!

— Ce chien magnifique a failli croquer deux de tes doigts, lui rappelle Benjamin.

— Écoute-moi, Savannah, lui dit Griffin. On n'est pas des criminels. La carte en question nous appartient de plein droit...

— Je m'en fiche! le coupe Savannah avec fougue. Je m'en vais!

Elle glisse sa main dans un trou du grillage et caresse le pelage foncé derrière le cou de Luthor.

— Je suis désolée, mon beau. Je ne voulais pas te faire de mal.

Le doberman se roule sur le dos et lui présente son ventre pour qu'elle le chatouille.

Griffin est désespéré.

— Très bien… tu peux partir. Tu peux même nous détester, mais *s'il te plaît*, ne parle à personne de notre plan!

De toute évidence, Savannah est aussi furieuse que vexée.

— Ne crains rien. En ce qui me concerne, vous et vos projets farfelus, vous n'existez plus! D'ailleurs, si vous voulez mon avis, vous devriez tous deux consulter un psychologue! Je reviendrai te voir, mon chéri, promet-elle à Luthor en lui donnant un bisou à travers le grillage.

Puis, elle part en trombe et disparaît dans la nuit.

Griffin la regarde s'éloigner.

— Ouf! Ça aurait pu être bien pire que ça.

— J'espère que tu plaisantes, répond Benjamin avec un air ahuri.

— Penses-y : elle s'est occupée du chien et a promis de ne pas nous dénoncer. Qu'est-ce qu'on peut demander de plus?

Luthor leur lance un regard mauvais et retourne à l'ombre du magasin en trottant.

Benjamin est sceptique.

— Je ne sais pas, Griffin. À mon avis, il n'a pas l'air très apprivoisé. Et s'il n'y a que Savannah qui sait parler aux chiens?

Griffin hausse les épaules.

— Tu as vu comment il faut s'y prendre avec lui. S'il devient agressif, tu n'as qu'à hurler, à crier et à le menacer de l'envoyer sur l'alpha du Centaure. Je sens que mon instinct se manifeste... et il me dit d'agir maintenant.

Benjamin se renfrogne. Quand il est question de mettre un plan en action, l'instinct de Griffin est aussi fiable que l'Almanach du peuple. Sauf que...

— On n'est pas encore prêts, proteste Benjamin. Le plan n'est même pas terminé. On ne sait toujours pas comment venir à bout des verrous et entrer dans le magasin.

— Bien sûr qu'on le sait, répond l'Homme au Plan sans pouvoir réprimer un sourire. Tu te souviens du travail sur la guerre de Troie en cinquième année... ?

10

Le 10 octobre, à 17 h 30 pile, Sergio Cromino quitte son magasin et grimpe à bord de sa Honda Element. Il ne remarque pas les deux yeux furtifs qui épient chacun de ses gestes depuis une ruelle étroite, au coin de la rue.

L'instant d'après, Griffin déboule sur le trottoir, vacillant sous le poids du diable lourdement chargé qu'il pousse. Une caisse en bois assez grosse pour contenir un téléviseur à écran de 90 cm tient en équilibre sur le chariot.

La caisse ne contient pas un téléviseur à écran de 90 cm.

Un grognement de douleur se fait entendre lorsque le diable tressaute à cause d'un trou dans la chaussée.

— Fais attention! grogne une voix provenant

de la caisse.

Griffin reste muet. Durant la guerre de Troie, il était absolument interdit de parler avec les soldats cachés à l'intérieur du cheval de bois.

Il descend la rue à reculons, se tordant le cou pour regarder derrière lui et surveiller la barrière ouverte devant le magasin de S. Cromino. Parfait. Aucun client. Tom Dufferin est seul, occupé à ranger le comptoir-caisse.

Griffin fronce les sourcils. Le gérant adjoint a une bonne vue sur la porte d'entrée.

Allez, se dit Griffin. *Bougez de là!*

Une minute s'écoule. Puis deux. Griffin sent la sueur perler sur son front. Combien de temps encore avant qu'un passant remarque un jeune livreur de onze ans chargé d'une caisse de cinq cents kilos?

Enfin, Tom Dufferin ramasse une grosse pile d'illustrés et se dirige vers un présentoir au fond du magasin.

Maintenant!

Griffin manque de se disloquer les épaules en basculant le diable pour poursuivre sa livraison. Les oreilles bourdonnantes, il tire sa cargaison de l'autre côté de la barrière et la dépose devant la porte.

Oh, oh! Le diable est coincé sous le poids de la

caisse. Griffin n'arrive pas à le dégager.

— Qu'est-ce qui se passe? s'impatiente une voix à l'intérieur. Pourquoi ça brasse autant?

— Chut! ordonne Griffin.

À l'intérieur du magasin, M. Dufferin a fini de ranger les illustrés sur les rayons. Il va être de retour à l'avant du magasin d'une seconde à l'autre.

Griffin rassemble ses forces et tire d'un coup sec, avec la puissance d'un mammouth. Le diable se dégage dans un crissement sonore. L'une des poignées en métal frappe Griffin à la bouche. Il titube sous l'impact, reconnaissant déjà le goût du sang sur sa langue. Encore étourdi, il franchit la barrière et s'enfuit à toutes jambes.

Il l'a échappé belle, mais Griffin a réussi à faire sa livraison.

L'opération vient de commencer.

Tom Dufferin fronce les sourcils en apercevant l'énorme caisse qui vient tout juste d'apparaître devant la porte. Il n'a pas entendu le camion de livraison. Celui-ci a dû passer au cours des dernières minutes, pendant qu'il était à l'arrière du magasin.

Il examine le papier kraft qui recouvre le couvercle de la caisse en bois. L'adresse du magasin y est inscrite, ainsi que ce message :

À l'attention de : S. Cromino — Personnel et confidentiel
Doit être ouvert uniquement par le destinataire.

Tom Dufferin hausse les épaules et tire la lourde caisse à l'intérieur du magasin. Il se demande distraitement ce qu'elle peut contenir de si particulier pour que M. Cromino doive l'ouvrir lui-même. Des imprimés probablement, à en juger par le poids. Quelque chose comme la collection personnelle d'illustrés ou de magazines que quelqu'un a amassés tout au long de sa vie.

Il arme le système antivol, sort et verrouille la porte derrière lui. Peu importe ce que contient la caisse, le patron s'en occupera à son arrivée, demain matin.

De l'autre côté de la vitrine, le papier kraft bouge très légèrement en bruissant. Une respiration nerveuse rejette de l'air par les trous d'aération percés dans la caisse.

Il y a des moments où Benjamin Slovak souhaiterait que son meilleur ami soit un gars ordinaire plutôt que l'Homme au Plan. Un ami normal ne l'aurait jamais convaincu de s'enfermer

82

dans une caisse de téléviseur pour s'introduire dans le magasin de S. Cromino. Ça, c'est sûr.

Comme le cheval de Troie, la caisse est un endroit exigu. Benjamin est le plus petit de la classe de sixième année. Il a quand même dû se coucher sur le côté, les genoux repliés contre la poitrine, pour réussir à entrer dans cet espace réduit.

Qui ne risque rien n'a rien, se répète-t-il. *Il y a un million de dollars en jeu.*

Pour une raison qui lui échappe, l'argent lui semble plutôt irréel. Aider la famille Bing, leur éviter de vendre leur maison : ça, c'est réel. Il ferait n'importe quoi pour ne pas perdre Griffin. Mais un million de dollars pour une carte de baseball? C'est de la science-fiction.

À présent, le poids de tout cet argent lui pèse sur la conscience aussi implacablement que le cadre en bois de la caisse lui pèse sur le corps. Voler un objet qui vaut un million de dollars, c'est comme voler un million de dollars, non? En plus de tout ce qui le rend déjà mal à l'aise dans cette combine, Benjamin a l'impression désagréable qu'ils sont peut-être en train de commettre un crime très grave.

Il scrute sa montre dans l'obscurité : 18 h 03. Le soleil se couche à 18 h 57. Selon le plan, il devra attendre encore trente minutes avant qu'il ne fasse vraiment nuit. À ce moment-là, il lui sera impossible de lire l'heure sur le cadran de sa montre.

— Compte, lui avait conseillé Griffin.

Facile à dire...

Quatre-vingt-sept minutes égalent 5220 secondes. Et... hé! Il est 18 h 05. Les cent vingt premières secondes sont déjà écoulées. Il commence à compter à 121... 122... 123...

Il se surprend à pousser un premier bâillement juste avant d'atteindre les deux cents.

Arrête ça tout de suite, s'ordonne-t-il. *Personne ne s'endort au milieu d'un cambriolage...*

Tout en continuant obstinément à compter, il sent ses paupières devenir lourdes, comme toujours.

Non! Pas ici! Pas maintenant! se dit-il.

Il vient tout juste d'atteindre les cinq cents.

— Cinq cent vingt-neuf! clame-t-il dans le magasin désert. Cinq cent trente!

C'est complètement fou! La peur à elle seule devrait suffire à le tenir éveillé! Achille s'est-il permis de piquer un somme lorsqu'il était à l'intérieur du cheval de Troie?

— Huit cent un!... Huit cent deux!

Il compte bel et bien jusqu'à 803… mais comme il dort, il ne peut l'entendre.

11

G riffin appelle un peu plus fort :
— Viens, Luthor. Où es-tu mon chien?

À travers la barrière, il fouille du regard la cour plongée dans l'obscurité. Le doberman brille par son absence.

Griffin fronce les sourcils. Ce n'est pas qu'il aime le chien au point de se faire du souci pour lui, mais il trouve cela toujours déroutant quand la réalité ne se conforme pas au plan. Aurait-on laissé Luthor dans le magasin pour la nuit? Si jamais Benjamin se retrouve face à face avec la bête vorace au moment où il sort de la caisse, il va avoir une crise cardiaque.

Inquiet, Griffin entreprend d'escalader la clôture. C'est plus difficile qu'il ne l'avait imaginé à cause de la bombonne d'acétylène du chalumeau de son père qu'il trimbale sur son dos. Il redescend de l'autre côté du grillage et dirige le faisceau de sa lampe de poche dans la vitrine. Aucun signe de Benjamin *ni* du chien. Griffin en profite pour examiner la caisse qui se trouve juste de l'autre côté de la porte. Le papier est intact.

Il jette un coup d'œil à sa montre : 19 h 45. Pourquoi Benjamin est-il encore dans la caisse? Il cogne contre la vitre.

— Ben! murmure-t-il par la fente de la porte.

Il cogne plus fort.

— Qu'est-ce que tu fais, mon vieux? C'est l'heure!

Une terreur irrationnelle s'empare alors de lui. Auraient-ils oublié de percer les trous d'aération?

Au même moment, des ciseaux transpercent le papier kraft. Le souffle court, Griffin suit des yeux la lame qui découpe laborieusement le papier sur tout le pourtour de la caisse, avant de disparaître de nouveau. L'instant d'après, le couvercle se soulève et la tête de Benjamin apparaît.

Griffin remarque aussitôt ses yeux bouffis et papillotants. *Il s'est endormi?* Malgré son incrédulité, Griffin ne peut s'empêcher de ressentir une pointe d'admiration pour son ami. Comment peut-on se détendre dans une situation pareille? Benjamin est vraiment unique en son genre.

Une sonnerie ramène Griffin à la réalité. *L'alarme!* L'intrus a déclenché le détecteur de mouvements.

Benjamin se rue sur le clavier. Il a trente secondes pour s'exécuter, pas une de plus. Griffin tente de chasser son incertitude, tandis que son ami appuie sur les chiffres 1-7-0-1. S'ils n'ont pas le bon code, la sirène va perforer tous les tympans se trouvant entre ici et la ville de New York.

Un triple bip retentit, puis c'est le silence. Le système antivol est désarmé.

Benjamin ouvre la porte et laisse entrer Griffin.

— Désolé du retard, dit-il honteusement. As-tu eu des ennuis avec le chien?

Griffin éclaire les allées avec sa lampe de poche.

— Aucune trace du chien. Ce doit être le soir de son traitement antipuces.

Benjamin regarde autour de lui avec réticence.

— Je déteste cet endroit. On dirait que tous les câbles qui relient les présentoirs vont prendre vie et venir nous étrangler.

Griffin tapote le chalumeau.

— Oublie les présentoirs. La seule chose qui nous intéresse, c'est le coffre-fort.

Ils suivent le faisceau de la lampe jusqu'à la scène du crime : le comptoir-caisse de l'Escroc.

Griffin ne ressent aucune culpabilité, seulement l'euphorie que procure un plan qui s'exécute à la perfection. Ils ont réussi. Ils sont dans le magasin. Aucun chien, ni clôture, ni verrou, ni système antivol ne peut les arrêter à présent.

Il se glisse derrière le comptoir... et se fige.

Le coffre-fort n'est pas là.

— Où est le coffre-fort? s'exclame-t-il.

Benjamin le rejoint.

— Derrière le comptoir-cais...

Il reste bouche bée.

— Il était ici, fixé dans le plancher!

Griffin s'agenouille et examine le vieux parquet de bois franc à l'aide de la lampe de poche. Quatre trous de vis marquent l'endroit où se trouvait le coffre-fort.

— Fouillons le magasin! ordonne Griffin.

Ils inspectent les allées, l'arrière-boutique et même les toilettes. Pas de coffre-fort.

Griffin est stupéfait.

— J'ai pensé à tous les pépins possibles. Sauf un.

Benjamin hoche la tête, l'air misérable.

— Un coffre-fort boulonné peut aussi être déboulonné. Et emporté ailleurs.

Finalement, l'Escroc a une longueur d'avance

sur eux.

— Un plan parfait, exécuté à la perfection. Et tout ça pour rien.

— Peut-être pas, dit Benjamin d'une voix remplie d'espoir. D'accord, la carte n'est pas ici. Mais on est quand même au beau milieu du Royaume du collectionneur. À la place, pourquoi on ne prendrait pas quelques autres babioles d'une valeur équivalente?

Indigné, Griffin explose de colère :

— Je ne suis pas un voleur! Je suis venu ici pour reprendre un objet qui m'appartient de façon légitime. Je ne veux rien savoir des choses qui ne sont pas à moi.

— Mais tu ne pourras jamais retrouver la carte maintenant, réfléchit Benjamin à voix haute. Qui peut savoir où l'Escroc l'a cachée? Elle est peut-être bien à l'abri, dans une chambre forte.

Griffin lui répond par un geste d'impuissance. Il n'est pas du genre à laisser tomber, à abandonner. Mais maintenant qu'il n'a plus aucun indice concernant l'endroit où se trouve la carte du Bambino, il doit reconnaître qu'aucun plan, ni idée originale, ni même trait de génie ne peut faire l'ombre d'une différence.

L'Homme au Plan est à court d'idées.

Une grande tristesse.

Il n'y a pas d'autres mots pour décrire ce que Benjamin ressent. Il supporte très mal de voir Mme Brompton guider une file interminable d'acheteurs potentiels dans la demeure des Bing. Il dévisage chaque personne avec méfiance, en affichant une mine hostile. L'Ennemi se cacherait-il sous une apparence sympathique pour forcer la famille de Griffin à déménager… et séparer les deux meilleurs amis que Cedarville ait jamais connus?

Aussi terrible que ce soit pour Benjamin, c'est encore pire pour Griffin. C'est *sa* vie qui est chamboulée. Et pas seulement à cause d'une agente immobilière. Toute sa personnalité a changé. Le feu est éteint, tout comme la détermination à toute épreuve qui l'a toujours guidé jusqu'ici.

Combien de fois Benjamin a-t-il supplié Griffin d'arrêter un peu d'inventer sans cesse de nouveaux plans? Aujourd'hui, il donnerait tout au monde pour entendre son ami arriver en criant : « Okay, voici le plan… » Pour faire quelque chose, *n'importe quoi!* Peu importe l'idée, ce serait assurément mieux que de faire du surplace, en attendant l'inévitable : une offre pour la maison, une entente, les boîtes, le déménagement. La fin de Griffin et de Benjamin.

Au moins, l'attente est plaisante. Comme les parents de Griffin cherchent constamment des raisons pour sortir de la maison durant les visites, ils traînent Griffin — et Benjamin par le fait même — partout avec eux : au centre commercial, au parc, dans un festival, au marché en plein air ou à un concert gratuit. En apparence, Benjamin s'amuse. Mais au fond, il se sent comme s'il essayait de savourer un bon repas alors qu'il souffre d'un mal d'estomac fulgurant. C'est difficile de se réjouir quand demain semble si peu réjouissant. Et puis, de toute façon, la seule chose à laquelle il réussit à penser, c'est à hier.

Le cambriolage raté hante les garçons. Dans sa tête, Benjamin revoit en boucle l'opération nettoyage. Il avait fallu se débarrasser de la caisse en bois vide, réarmer le système antivol et verrouiller la porte du magasin. Ils avaient même effacé sans enthousiasme les empreintes de doigts sur le clavier et les poignées de porte. Qui appellerait la police pour dénoncer la disparition de… absolument rien? Dans le pire des cas, Tom Dufferin s'interrogerait sur la disparition mystérieuse de la caisse. Plus vraisemblablement, il se dirait que son patron s'en est occupé. Dans un sens, l'opération avait été le crime parfait : ils étaient entrés et sortis du commerce sans laisser la moindre trace. Comment une réussite aussi remarquable pouvait-elle être en même temps un échec lamentable?

Ils ont discuté des détails en long et en large, jusqu'à en avoir la gorge sèche. Une chose diffère cependant : les rôles sont désormais inversés. C'est Benjamin qui demande sans cesse : « *Alors, qu'est-ce qu'on fait maintenant? Et ensuite?* »

— On ne peut pas voler un objet si on ignore où il se trouve, répond tristement Griffin.

C'est le gros bon sens… à une chose près. Griffin Bing n'admet pas la défaite. Cette faculté est tout simplement absente de son ADN. Comment peut-il être subitement devenu l'Homme *sans* Plan?

Les garçons sont assis dans la mini fourgonnette des Bing, au retour d'un autre spectacle, lorsqu'ils entendent des aboiements. Non pas le cri joyeux d'un animal de compagnie, mais bien un genre de hurlement retentissant.

— C'est drôle comme j'ai toujours l'Escroc en tête, maugrée Griffin. Pendant une minute, j'aurais juré avoir entendu Luthor aboyer.

Benjamin jette un coup d'œil par la lunette arrière. Un gros chien noir les poursuit.

— Je pense que ce n'est même pas un doberman...

Tandis que leur poursuivant continue à hurler en plein milieu de la rue, une expression songeuse apparaît sur le visage de Benjamin.

— Une minute! Ce n'était pas Luthor... mais ça *aurait pu l'être!*

Griffin regarde son ami d'un air bizarre.

— Ça aurait pu être ma grand-mère aussi. Mais ce ne l'était pas. De quoi parles-tu?

— Tu ne piges pas? Le vrai Luthor est forcément *quelque part*! Il n'était pas au magasin le soir du cambriolage. Où était-il?

Griffin hausse les épaules d'un air blasé.

— À la maison, j'imagine. L'Escroc lui a probablement accordé quelques jours de congé de harcèlement des clients au magasin. Il n'y a rien de bizarre à ça. De toute façon, la carte n'y est même plus.

— Réfléchis, insiste Benjamin. Et si l'absence

de Luthor et celle de la carte étaient liées?

— Ne joue pas aux devinettes, mon vieux!

— Luthor est un chien *de garde*, raisonne Benjamin. Quand la carte du Bambino était au magasin, Luthor y était. Mais si l'Escroc a emmené Luthor chez lui...

Tout à coup, la lumière se fait dans l'esprit de Griffin.

— La carte est chez l'Escroc!

Dès qu'ils sont de retour à la maison des Bing, Griffin et Benjamin se ruent sur le bottin téléphonique.

— Pourvu qu'il habite en ville! supplie Griffin.

Il ouvre le bottin à la lettre C... ou plus précisément à *Cromino, Sergio.*

L'adresse est inscrite : *531, avenue Park Extension.*

— Ce n'est pas très loin du magasin! s'exclame Benjamin, le souffle court. On a réussi, Griffin! On a deviné où est la carte!

Griffin hoche la tête, les joues roses d'émotion.

— Maintenant, tout ce qu'il nous faut...

— ... c'est un plan, termine Benjamin.

— Pas juste un plan. Cette fois, il nous faut le plan parfait.

13

MAISON DE L'ESCROC - 531, AVENUE PARK EXTENSION

(i) DUPLEX avec TOIT très incliné

(ii) Clôture en grillage - encore plus haute que celle du magasin (pourquoi moi?)

(iii) Pas de voisin DERRIÈRE, CHÂTEAU D'EAU municipal

(iv) Affiches PROPRIÉTÉ PRIVÉE (2)

(v) Affiches DÉFENSE D'ENTRER (3)

(vi) Affiches ENTRÉE INTERDITE (4)

(vii) Affiches PRENEZ GARDE AU CHIEN (6)

B enjamin fait remarquer nerveusement :

— L'Escroc adore les affiches, c'est certain.

— Il adore effrayer les gens, corrige Griffin.

Il fronce les sourcils en lisant le texte d'un autocollant apposé sur une des fenêtres latérales de la porte :

CES LIEUX SONT PROTÉGÉS PAR UN SYSTÈME DE SÉCURITÉ SENTI-MAX DE ZULTRATECH^{MD} **ÉQUIPÉ D'UN TRANSMETTEUR RADIO SANS FIL PERMETTANT D'ALERTER LA POLICE INSTANTANÉMENT.**

— Super, grogne-t-il. Encore un système d'alarme.

— Et on dirait bien que celui-ci sort tout droit d'un film de James Bond, ajoute Benjamin.

Il aperçoit tout à coup un bol pour chien sur le perron et la poignée d'une laisse attachée à la rampe en fer forgé. Le cœur battant, il suit la laisse en cuir à travers les buissons et jusqu'à l'arrière de la maison. Soudain, la laisse tendue se détend.

— Oh, oh!

Benjamin est déjà en mouvement avant même que le premier jappement ne retentisse. Il attrape par le bras un Griffin abasourdi et le traîne sur toute la longueur du terrain.

Luthor surgit de derrière la maison dans une pose qui leur semble déjà familière : celle du prédateur féroce qui poursuit sa proie.

— Vite! Dans la rue! beugle Griffin.

Tous deux sautent par-dessus le trottoir à peine une fraction de seconde avant que Luthor n'arrive au bout de sa laisse et que son collier ne l'étrangle. Un motocycliste fait un écart pour éviter les garçons qui déboulent dans la rue. Le doberman se tortille et se démène, hurlant son indignation.

— Je crois qu'on devrait avertir Savannah que les effets de son apprivoisement sont temporaires, suggère Benjamin, hors d'haleine.

Un gloussement sourd se mêle aux aboiements furieux de Luthor. Griffin se retourne et aperçoit un homme assez âgé qui se berce sur le perron du 530. L'homme les observe avec grand intérêt par-dessus ses lunettes de lecture.

— Je ne vous ai jamais vus dans le coin, vous deux. Vous êtes nouveaux ici?

Griffin hésite. Ce serait risqué de répondre oui. Même s'il ne reconnaît pas ce vieillard, cela ne veut pas dire qu'il n'est pas l'ami d'un ami des parents de Griffin. Après tout, Cedarville est une petite ville.

— On expérimentait de nouveaux trajets entre l'école et la maison pour semer un petit tyran qui nous cause des ennuis, répond-il.

Le visage de l'homme s'assombrit.

— Ah, les jeunes d'aujourd'hui! Vous n'avez pas idée de tout ce que je vois juste en restant assis ici, sur ma chaise!

Griffin avale difficilement. La chaise est parfaitement positionnée pour observer le voisinage dans les deux directions. Et la porte de M. Cromino se trouve exactement en face, de l'autre côté de la rue.

— Vous passez beaucoup de temps ici? demande-t-il avec un air désintéressé.

— Chaque minute de la journée, répond l'homme avec enthousiasme. J'ai travaillé quarante-trois ans au fond des mines de charbon. À mon avis, une seconde loin du grand air est une seconde gaspillée.

— Même par mauvais temps? hasarde Benjamin.

— Je m'habille en conséquence. Beau temps, mauvais temps, chaud ou froid, Eli Mulroney est ici, sur son perron.

— Sauf à l'heure des repas, fait remarquer Griffin.

— C'est à ça que sert un four à micro-ondes, réplique gentiment M. Mulroney. Comme ça, je ne perds pas de temps à cuisiner. Je n'ai ni téléviseur ni ordinateur. Pas besoin : j'ai plein de divertissements de qualité juste ici, sur mon perron. Comme vous regarder tous les deux traverser la rue à toute vitesse avec Luthor à vos trousses.

Il éclate d'un grand rire.

— Je pense que vous risquez moins avec votre petit tyran. Au moins, il ne mord pas, lui.

Griffin et Benjamin se forcent pour rire avec lui.

— Quel genre de personne a un chien pareil? se plaint Griffin. Enfin, il doit attaquer le facteur, non? Ou mordre leurs enfants?

— Ha! S'il y a quelqu'un de plus méchant que ce chien, c'est bien son drôle de propriétaire. Il vit seul. De toute façon, qui voudrait d'un type comme lui? Luthor est rarement dans le coin. D'habitude, mon ami Cro-Mignon utilise l'animal comme gardien à son commerce. Je me demande bien pourquoi le monstre se retrouve ici, tout à coup. Il a dû dévorer quelques clients au magasin.

Griffin ressent une petite satisfaction. Eli Mulroney est peut-être l'agent officieux du CIA de l'avenue Park Extension, mais il ignore pourquoi l'Escroc a transféré Luthor chez lui. Griffin en est sûr à présent : le coffre-fort est dans la maison et la carte se trouve dedans.

Il grimace. C'était déjà assez compliqué pour eux de cambrioler la maison d'un maniaque de sécurité, doté d'un chien agressif et d'un système antivol hypersophistiqué auquel il ne manque que des canons laser... mais voilà qu'en plus, ils doivent le faire au nez et à la barbe d'un voisin qui se consacre à l'espionnage... Comment est-ce possible?

* * *

**WWW.ZULTRATECH.USA
PROTÉGEZ VOTRE MAISON
AVEC UN SYSTÈME DE SÉCURITÉ
DE QUALITÉ MILITAIRE**

Griffin s'éloigne de l'écran d'ordinateur en sifflotant nerveusement entre ses dents.

— À ce point-là? dit Benjamin.

Ils sont à la bibliothèque de l'école et font des recherches sur le système de sécurité de Sergio Cromino dans l'espoir de trouver une façon de le déjouer.

— Tu sais quel genre de compagnie c'est ZultraTech? grogne Griffin. Ils prennent les systèmes d'alarme que la marine utilisait dans les sous-marins à cale sèche et ils les installent dans les maisons des gens. Sapristi d'Escroc…

Benjamin scrute l'écran par-dessus l'épaule de son ami.

— On dit ici que leurs sirènes dépassent de cent soixante-quinze décibels le bruit de moteurs d'avion à réaction en marche. Ça veut dire que si on déclenche l'alarme, la moitié de la ville va accourir. Ce qui inclut la police… et ma mère.

— Pas grave, lui répond Griffin. On ne va pas la déclencher. Je me demande si le code est le même que celui du magasin.

— Ça ne nous donnerait rien de le savoir, fait remarquer Benjamin. Lis cet extrait sur la caractéristique « alerte courriel ». « Chaque fois que l'alarme est désactivée, le système envoie automatiquement un message à votre téléphone cellulaire. » Si on désactive son système, l'Escroc sera le premier à l'apprendre.

— Et en plus, on a Eli Mulroney dans les pattes, qui est sorti de la mine de charbon juste pour nous embêter, renchérit Griffin. Il passe vingt-cinq heures par jour à épier une maison… précisément celle qu'on doit cambrioler!

— Il ne semble pas apprécier l'Escroc plus que nous, réfléchit Benjamin. Peut-être qu'on pourrait lui expliquer ce qu'on veut faire?

Griffin s'insurge.

— Es-tu devenu fou? Je veux que tu me promettes sur-le-champ de ne parler du projet à personne... et je dis bien à *personne*!

— On l'a déjà dit à Savannah, lui rappelle Benjamin. Et on aura encore besoin d'elle pour déjouer Luthor. Ne me demande pas comment on va accomplir un tel miracle. Elle nous déteste maintenant.

Griffin hoche lentement la tête.

— On pourrait avoir besoin d'aide et pas seulement pour le chien. Mais on ne peut pas recruter des gens tant qu'on n'a pas de plan. Et on est loin d'en avoir un...

— Vaudrait mieux en avoir *très* bientôt. La vente aux enchères a lieu dans huit jours.

— On va réussir, promet Griffin d'un air grave. C'est plus compliqué que pour le magasin, mais on va régler les problèmes un par un. Le voisin, le chien, le système d'alarme, le cambriolage, le coffre-fort...

— Le *quoi?* demande M. Martinez qui surgit de derrière un chariot de rangement.

— Le système d'alarme, le cambriolage, le coffre-fort? Griffin! Benjamin! Si je ne vous connaissais pas aussi bien, je penserais que vous planifiez un vol avec effraction!

Griffin est consterné. En plus de tous les obstacles qu'ils doivent surmonter, voilà qu'ils dévoilent leurs plans devant leur enseignant! Comment ont-ils pu être aussi négligents? Il jette un coup d'œil à Benjamin et devine aussitôt qu'il ne lui sera d'aucun secours. Son meilleur ami est paralysé.

— Vous avez raison, monsieur Martinez, parvient enfin à dire Griffin. Nous *planifions* bel et bien un cambriolage. Enfin, Ben en planifie un.

Benjamin lui décoche un regard suppliant.

Griffin continue à inventer.

— Pour sa rédaction, Ben a eu l'idée géniale de choisir comme sujet un cambriolage époustouflant. Mais pour l'écrire, il doit le planifier comme si c'était vrai.

M. Martinez leur adresse un sourire ravi.

— C'est formidable! Alors, dis-moi Benjamin, qu'est-ce qui a été cambriolé?

— Euh… un collier de diamants? bafouille Benjamin.

— C'est pour ça qu'il y a un coffre-fort, poursuit l'enseignant. Et la maison dans laquelle tu dois t'introduire? Elle est comment?

— Je n'y ai pas encore pensé, émet faiblement Benjamin.

— Ça fait partie du travail de l'auteur, s'enthousiasme l'enseignant. Tu conçois la maison pour qu'elle convienne à ce qui se passe dans ton histoire. Ça me donne une idée. Va à l'hôtel de ville. Le service du bâtiment conserve les plans d'architecture de chaque maison de Cedarville. Ça pourrait donner un coup de pouce à ton imagination.

Ce renseignement n'aide peut-être pas Benjamin, mais il fait des merveilles pour Griffin. Si le service du bâtiment a un plan de toutes les maisons de la ville, cela signifie qu'il a aussi en filière celui du 531, avenue Park Extension. Voir ces plans pourrait bien leur indiquer comment pénétrer chez l'Escroc.

14

Mme Annabelle Abernathy, la commis du service du bâtiment de l'hôtel de ville de Cedarville, adore ses dossiers et les chérit comme s'ils étaient ses enfants. Aussi, quand deux garçons de onze ans lui demandent de voir les plans du 531, avenue Park Extension, elle se montre très réticente à l'idée de les leur remettre.

— Qu'est-ce que vous voulez en faire? demande-t-elle avec méfiance.

— C'est un projet pour l'école, répond Griffin.

Il est ravi. Grâce à M. Martinez, il a sa réponse toute prête et ce n'est qu'un demi-mensonge.

— C'est un truc sur l'histoire de la ville. On doit trouver un plan du rez-de-chaussée d'une maison bâtie dans les années vingt ou trente.

— Hum, très bien, dit-elle à contrecœur, mais

allez d'abord vous laver les mains.

Tandis qu'ils se lavent les mains dans les toilettes des hommes, Benjamin s'indigne :

— Je suis vexé, mon vieux. Qu'est-ce qu'elle croit? Qu'on est venus jusqu'ici en rampant dans les égouts?

— C'est encore la même histoire que pour le planchodrome, marmonne Griffin. On traite les jeunes comme des ordures dans cette ville. Elle va crier au miracle si on réussit à photocopier les plans sans baver dessus. Garde ton sang-froid. La dernière chose dont on a besoin, c'est qu'elle se mette à nous poser plein de questions.

De retour au comptoir, une bonne nouvelle et une mauvaise attendent les garçons.

— Je n'ai pas trouvé les plans du 531, avenue Park Extension, explique Mme Abernathy, je vous ai donc apporté ceux du 1414, rue Lakewood.

Elle lève un doigt en guise d'avertissement dès qu'elle voit les deux garçons ouvrir la bouche pour protester.

— Écoutez-moi bien. Vous étudiez l'histoire de la ville et ceci en fait partie. Entre 1925 et 1927, un constructeur du nom de Gunhold a bâti six maisons identiques à Cedarville. L'une est le 531, avenue Park Extension. Une autre est le 1414, rue Lakewood.

Étant donné que les plans sont identiques, ces plans *sont* donc ceux de la maison que vous m'avez demandés.

Sous l'œil vigilant de Mme Abernathy, Griffin et Benjamin photocopient les plans, puis quittent les lieux. Quelques secondes plus tard, ils les étalent sur un banc de parc et tentent de les déchiffrer.

— Qui peut lire ce genre de truc? s'interroge Griffin à voix haute. Où est la porte donnant sur la cour? Peut-être qu'on pourrait entrer par là? Comme ça, M. Mulroney ne nous verrait pas.

Benjamin plisse les yeux en examinant le plan du rez-de-chaussée.

— Je crois qu'il y a une porte sur le côté, mais pas derrière. La ligne est pleine. De toute façon, toutes les portes et les fenêtres sont reliées au système d'alarme.

Griffin fixe les plans avec tellement d'intensité qu'il sent ses yeux loucher.

— Si jamais tu m'entends dire que je veux devenir architecte, donne-moi un bon coup de pelle sur la tête. Je n'arrive pas à imaginer la maison à partir des plans. Il va falloir qu'on voie tout ça en vrai.

— Bien sûr! ironise Benjamin. L'Escroc va nous inviter à faire le tour du propriétaire.

— Sûrement pas, confirme Griffin, mais peut-être que les gens du 1414 Lakewood, eux, vont le faire.

— Pourquoi ils feraient ça?

Griffin lui adresse un sourire.

— Allons chercher quelques sachets de ketchup au Big Burger. Je t'expliquerai en chemin.

Quand la propriétaire du 1414 Lakewood ouvre la porte, elle a sous les yeux une scène qui donne la chair de poule. Deux garçons sont sur son perron. Le plus petit des deux perd du sang à cause d'une vilaine éraflure au bras.

Comme d'habitude, Griffin prend la parole.

— Mon ami est tombé à vélo! *S'il vous plaît* madame, est-ce qu'on peut entrer et utiliser votre téléphone pour appeler sa mère?

— Bien sûr! s'exclame la dame. Mais il faut d'abord nettoyer cette blessure pour éviter qu'elle ne s'infecte! Suivez-moi!

— Merci madame, gémit Benjamin.

Il espère qu'elle va attribuer la faiblesse de sa voix au choc qu'il vient de vivre. En réalité, il craint que leur hôtesse ne s'aperçoive que le sang sur son bras devrait plutôt garnir une portion de frites.

La dame lui fait monter une volée de marches et

le conduit à une petite salle de bain toute carrelée de blanc.

— Lave ton bras avec du savon.

Pendant ce temps, elle fouille dans un tiroir pour y trouver un antiseptique et des bandages.

— Je vais attendre ici, lance Griffin depuis le rez-de-chaussée.

Il s'affaire déjà à explorer les chambres et les couloirs à la recherche d'une porte qui donnerait sur l'extérieur. Un frisson d'excitation lui parcourt l'échine tandis qu'il examine les lieux. Bien sûr, ce n'est pas la maison de l'Escroc, mais c'est censé en être une réplique exacte. Il a l'impression de se retrouver derrière les lignes ennemies. Le cambriolage est presque commencé.

Il étale le plan du rez-de-chaussée, essayant d'identifier les murs et les entrées. *La porte avant... la porte sur le côté... certaines fenêtres seraient assez grandes pour qu'on s'y faufile...*

Mais il y a le système d'alarme.

Une minute... Il reste le sous-sol!

Il trouve l'entrée du sous-sol et descend l'escalier sans bruit. Le sous-sol a été bâti complètement sous terre, sans aucune fenêtre, ni aucun accès vers l'extérieur. Un autre cul-de-sac.

Dans la salle de bain à l'étage, Benjamin a fait

disparaître toute trace de ketchup sur son bras. Il s'estime chanceux d'avoir fait cette chute devant la pancarte à VENDRE de la maison des Bing. Si le sang est faux, les éraflures, elles, sont authentiques.

— Tu vois? dit la dame en appliquant de l'onguent sur son bras. Une croûte commence déjà à se former. On peut dire que tu cicatrises vite, toi!

— Merci, bredouille-t-il. Désolé de vous déranger.

Il a la tête ailleurs. Il pense à Griffin qui est en bas. A-t-il fait une découverte importante? A-t-il trouvé une façon d'entrer dans la maison — dans celle de l'Escroc, bien sûr — sans déclencher le système d'alarme?

Soudain, le soleil sort de derrière les nuages et un rayon de lumière tombé tout droit du ciel vient éclairer le bandage blanc qui recouvre le coude de Benjamin.

Un rayon de soleil? Cette salle de bain n'a pourtant pas de fenêtre!

Intrigué, Benjamin lève les yeux au plafond... et l'aperçoit. Un grand puits de lumière se trouve au centre du plafond cathédrale qui suit la pente du toit de la pièce, plus haute que large.

— C'est... c'est joli, bafouille-t-il en le désignant. Est-ce que c'est aussi une fenêtre? Je veux dire, est-ce que ça s'ouvre?

— Avant oui, répond la dame. On avait un genre de perche pour l'ouvrir. Mais elle s'est brisée il y a plusieurs années et c'est impossible de s'en procurer une maintenant.

Elle finit le bandage de son bras.

— Descendons appeler ta maman à présent.

— Vous savez quoi? Je ne voudrais pas l'inquiéter pour rien. Je vais plutôt rentrer à la maison. Je me sens bien mieux maintenant.

C'est tout à fait vrai. Mais son état n'a rien à voir avec son bras.

Il a trouvé un moyen de pénétrer chez l'Escroc.

15

Antonia « Pic » Benson ouvre son casier et enlève son sac à dos. Elle s'apprête à le fourrer sur la tablette du haut lorsque le mot ULTRASECRET lui saute aux yeux.

Dans le bas du petit compartiment, échoué sur ses espadrilles, se trouve un message imprimé sur un papier vert pomme, plié en quatre.

Elle l'ouvre et le lit :

Tes talents particuliers ont été remarqués. Tu es la personne idéale pour accomplir une mission urgente. Pour en savoir plus, présente-toi à la réserve des vieux ballons à 15 h 30. Ne rate pas cette chance. Tes efforts seront récompensés. - $$$

— C'est quoi ça?

Antonia se retourne d'un bloc. Darren Vader s'étirait le cou pour lire par-dessus son épaule.

— Mêle-toi de tes affaires! rugit-elle avec colère.

Elle dissimule le papier, le replie et le fourre dans sa poche.

Quelle est cette mission au juste? Manifestement, quelqu'un a glissé le papier dans son casier par les fentes d'aération. Mais qui? Et pourquoi elle? Son seul talent particulier, c'est d'être une excellente grimpeuse, mais il n'y a aucune montagne ou falaise aux alentours de Cedarville.

Ce doit être une plaisanterie. Si jamais c'est Darren qui se cache derrière ça, elle ne se gênera pas pour lui exprimer son désaccord avec ses poings.

Elle claque la porte de son casier. Peu importe de quoi il s'agit, elle le saura à 15 h 30.

— Papa, ce pied d'athlète me rend fou! Qu'est-ce qu'on peut faire pour me soulager?

Logan Kellerman n'a jamais été aussi bien préparé pour une audition. Il a tellement répété son texte qu'il le connaît sur le bout des doigts. Il en saisit chacune des nuances, surtout en ce qui concerne la motivation de son personnage. Il incarne quelqu'un qui n'en peut plus de se gratter et qui sait que son père l'aime suffisamment pour lui acheter un nouveau produit formidable qui calmera ses démangeaisons. Le rôle fait tellement partie de lui à présent qu'il lui arrive même de sentir le picotement irritant entre ses orteils. Il est impossible que le réalisateur de cette publicité ne remarque pas sa performance. Tout simplement im-pos-si-ble.

— Papa, ce pied d'athlète me rend...

Il s'interrompt au milieu de son texte. Il vient d'apercevoir la feuille de papier vert pomme qui traîne au fond de son casier.

Tes talents particuliers ont été remarqués...

Talents particuliers. Le cœur de Logan palpite. Ça ne peut être qu'un genre de proposition de travail d'acteur!

La réserve des vieux ballons à 15 h 30. Il a déjà hâte d'y être!

* * *

Melissa Dukakis ne sait pas quoi faire du papier d'invitation vert pomme. Elle n'a jamais été invitée à quoi que ce soit auparavant. Talents particuliers. Qu'est-ce que ça peut bien vouloir dire? Elle est une étudiante très moyenne, qui connaît peu d'élèves et qui préfère rester seule dans son coin.

Ce doit être une erreur. La personne s'est trompée de casier ou de Melissa. Après tout, il y en a plusieurs dans l'école. Ce doit être ça. Une erreur.

Elle ira au rendez-vous à 15 h 30… pour expliquer qu'il y a eu confusion.

L'invitation vert pomme chiffonnée au fond de sa poche, Savannah Drysdale passe en coup de vent devant le gymnase. Elle était presque rendue chez elle lorsqu'elle a changé d'idée à propos de ce rendez-vous ULTRASECRET. Pourquoi perdre de précieuses heures de sommeil à se demander qui se cache derrière ces cachotteries? Comme si elle ne le savait pas déjà : Griffin Bing et son éternel complice.

La réserve des vieux ballons est en réalité un espace de rangement à côté du gymnase. L'endroit est rempli de balles de tennis éventrées, de balles de ping-pong brisées, de balles de baseball décousues, de balles de golf craquées, de ballons de soccer

116

écrasés, de ballons de football et de basket percés, de ballons lestés déformés, de ballons de spirobole sans cordelette et de toutes sortes de balles et de ballons de sports auxquels personne ne joue, comme le jeu de boules, le water-polo et le rugby. Il y a même quelques ballons que personne n'arrive à identifier.

L'entraîneur Nimitz est incapable de jeter une balle ou un ballon. Il croit sincèrement qu'un jour, il trouvera la pompe adéquate ou la bonne pièce pour les réparer. Et alors, tout cet équipement pourra être utilisé pour faire la promotion de l'activité physique chez les enfants.

C'est donc dans un cimetière de caoutchouc et de cuir que Savannah fait irruption. La réunion est commencée. Elle est surprise d'y trouver trois autres jeunes, en plus de Griffin et de Benjamin. Pic, Logan et Melissa sont allongés confortablement sur les piles de vieux matériel du cours d'éducation physique.

— Vous deux! s'écrie Savannah. J'en étais sûre! C'est encore à propos de votre stupide carte de baseball, pas vrai?

— Tu avais raison d'être fâchée, lui dit Griffin avec sérieux. On aurait dû te dire la vérité dès le départ. On ne répétera pas l'erreur.

Pic n'y comprend rien.

— Quelle carte de baseball?

— Avant d'aller plus loin, déclare Griffin d'un ton solennel, vous devez me promettre de ne pas répéter un mot de ce que vous entendrez ici. Que vous embarquiez ou pas dans le projet, vous ne pouvez en parler à personne. Jamais. On n'est pas ici pour s'amuser. C'est du sérieux : il y a beaucoup d'argent en jeu, mais aussi des conséquences graves si l'opération tourne mal. Si vous n'êtes pas à l'aise avec ça, sortez tout de suite.

Personne ne bouge, pas même Savannah, qui connaît pourtant la suite.

— C'est bon, Griffin dit Pic, tu as toute notre attention. De quoi s'agit-il?

— Il s'agit d'une carte de baseball à l'effigie de Babe Ruth datant de 1920... le genre de truc pour lequel les collectionneurs sont prêts à débourser beaucoup d'argent.

Griffin leur raconte toute l'histoire, depuis la découverte de la carte dans la vieille maison Rockford jusqu'au cambriolage raté au magasin, sans oublier le tour de passe-passe malhonnête de l'Escroc.

— C'est donc une histoire d'argent, mais pas seulement d'argent, conclut-il. L'Escroc a arnaqué deux jeunes et il l'a fait sans scrupule parce qu'il est persuadé qu'on ne se défendra pas. On veut lui montrer qu'il a eu tort d'agir ainsi.

Logan s'éclaircit la voix.

— On parle de combien d'argent?

— On partagera en six parts égales, répond Griffin. On ne connaît pas le montant exact, parce que la carte sera vendue aux enchères, mais le prix de départ est de deux cent mille dollars. L'Escroc a déclaré à la télé que ça pourrait dépasser le million.

— Un million de dollars! s'exclame Melissa en calculant à la vitesse de l'éclair. Ça veut dire cent soixante six mille six cent soixante-six dollars chacun! Je pourrais m'acheter l'ordinateur le plus sophistiqué qu'il y a sur le marché.

— Et faire ajouter une aile à ta maison pour le mettre dedans, ajoute Benjamin.

— Je pourrais enfin m'offrir des leçons avec Sanjay Jotwani, rêve Logan.

— Je pourrais amener toute ma famille grimper au parc Yosemite! s'écrie Pic, ravie.

Savannah, elle, ne se laisse pas impressionner aussi facilement.

— Ouais, ouais, c'est beaucoup d'argent. C'est sûr que j'adorerais grandir en sachant que j'ai assez d'argent à la banque pour payer mes études à l'école vétérinaire. Qui n'aimerait pas ça? Mais ce genre d'argent ne se gagne pas facilement. On parle d'un cambriolage, pas d'un pique-nique.

— Tu as raison, reprend Griffin. Mais en unissant nos efforts, on peut y arriver. On entre dans la maison de l'Escroc par un puits de lumière sur le toit. Pic, c'est là que tu interviens. Ton travail consiste à nous mener tous là-haut.

— Hum, c'est comme grimper sur un immeuble plutôt que sur une montagne, réfléchit-elle.

— La maison est dotée d'un système d'alarme, mais les détecteurs de mouvements ne seront pas en fonction. On le sait parce que l'Escroc a un chien de garde qui dort dans la maison. Ce chien, ce n'est pas de la tarte, mais Savannah sait comment l'amadouer.

— Au fond, c'est un véritable amour, dit-elle affectueusement.

Melissa secoue la tête pour dégager son visage du voile de cheveux qui le recouvre.

— Mon rôle serait donc d'atteindre le panneau de contrôle et de désarmer le système?

— Tu peux faire ça? demande Pic en la dévisageant avec étonnement.

Benjamin secoue la tête.

— Peu importe. C'est la dernière chose qu'on

veut. Si quiconque désarme le système, l'Escroc est aussitôt averti par une alerte courriel.

Melissa se renfrogne.

— Dans ce cas, pourquoi vous avez besoin de moi?

— Tu t'y connais plus en informatique que n'importe qui à Cedarville, répond Griffin. Peux-tu t'introduire dans la boîte courriel de l'Escroc?

— Probablement. Pour quoi faire?

— On doit trouver une plage de quelques heures durant laquelle il est absent de la maison. On ne veut pas qu'il nous surprenne en train de reprendre notre carte.

Logan est perplexe.

— Qu'est-ce que je fais dans tout ça, moi? Je suis un acteur, pas un voleur.

— L'Escroc habite juste en face de l'ancêtre du plus fouineur de tous les voisins, explique Griffin. Il s'appelle Eli Mulroney et il passe tout son temps à épier le voisinage, jour et nuit, tous les jours de la semaine. Sa chaise est installée en plein devant la porte d'entrée de l'Escroc. On veut que tu utilises tes talents d'acteur pour te lier d'amitié avec le type, afin de le distraire pendant l'opération. En même temps, tu feras le guet.

Griffin se lève du ballon d'exercice à plat qu'il a

utilisé comme siège.

— Je sais que ça semble dingue. Je sais aussi que ça semble risqué. Mais si on répartit le travail et si chacun accomplit sa tâche, rien n'est impossible. On n'a qu'à réunir toutes les pièces du casse-tête dans le bon ordre. On peut le faire! Alors, qui est de la partie?

16

Un lourd silence plane.

Enfin, Pic prend la parole.

— Tu peux compter sur moi. Quelqu'un doit donner une bonne leçon à cette ordure.

— Moi aussi, dit Logan. C'est le défi ultime pour un acteur.

— Facile à dire pour toi, grommelle Savannah. Tu vas être à l'abri, de l'autre côté de la rue. Si la police arrive, tu peux dire que tu ne nous as jamais vus de ta vie.

— C'est peut-être un cambriolage, mais ce n'est pas un vol, leur rappelle Griffin. La carte nous appartient. Si un vol a été commis, c'est l'Escroc qui l'a fait.

— Bien sûr, ironise Savannah. C'est la première chose qui va venir à l'esprit du policier qui va te surprendre à percer un coffre-fort au chalumeau.

— Si tu ne fais pas tes paiements d'auto, rétorque Griffin, la compagnie envoie un type pour reprendre le véhicule. Il la vole comme le ferait n'importe quel voleur de voiture, sauf que c'est parfaitement légal. C'est en plein ce qu'on fait : on reprend possession d'une carte de baseball.

— Je pensais que le message dans mon casier était une erreur, intervient Melissa, mais si je comprends bien, vous voulez vraiment de moi.

— Évidemment, la rassure Benjamin. Alors, tu es partante ou pas?

— Bien sûr que je suis partante, confirme-t-elle. C'est la première fois qu'on m'invite à participer à quoi que ce soit.

Savannah est totalement scandalisée.

— J'aurais parié *cinq* cartes de Babe Ruth que vous alliez vous lever et dire à nos deux énergumènes d'aller se faire voir. Qu'est-ce qui se passe avec vous?

Griffin la regarde avec intensité.

— Tout dépend de toi, Savannah.

— Ouais, c'est ça... comme si j'avais le choix, rage-t-elle. Tu t'es organisé pour que je me sente *obligée* d'embarquer, juste pour protéger le pauvre

Luthor!

— Le pauvre Luthor? répète Benjamin qui n'en croit pas ses oreilles.

— Je vois déjà comment ça va se passer. Vous allez farfouiller partout dans la maison, ça va l'énerver et il finira par mordre l'un de vous malgré lui. Puis, la Societé pour la prévention de la cruauté envers les animaux va vouloir l'abattre en prétextant qu'il est malfaisant. Eh bien, c'est faux! C'est pourquoi je participerai personnellement à chaque étape du plan… afin de m'assurer que rien n'arrive à Luthor.

— Dans ce cas, c'est parti, annonce Griffin. La vente aux enchères a lieu le 17 octobre. Ça nous laisse cinq jours pour agir. Pas besoin de vous rappeler qu'il est essentiel de garder tout ça secret. Vous ne pouvez en parler à *personne*, peu importe l'habileté de cette personne à garder les secrets. J'inclus là-dedans les meilleurs amis, les grands-mamans préférées, les conseillers de vie personnelle et même les correspondants de Hong Kong. *Personne d'autre* ne peut être mis au courant du plan!

À cet instant, un éternuement retentit. Il vient d'une pile de ballons de volley-ball dégonflés.

— À tes souhaits, dit automatiquement Benjamin. Hé… ?

La montagne s'ébranle et les ballons dégringolent en tous sens. Une tête émerge du tas : c'est celle de Darren Vader. Le garçon se lève et sort de sa cachette.

— Qu'est-ce que tu as entendu? lui demande Griffin.

— Tout! répond joyeusement Darren. C'est un beau plan que tu as là, Bing. Quand l'entreprise funéraire commencera à enterrer des gens, je saurai que certains d'entre vous sont tombés du toit.

— Si tu répètes un mot de ceci…

— Ne t'énerve pas, minus, coupe Darren. Je ne veux pas te dénoncer. Je veux ma part du gâteau.

— De quoi parles-tu? réplique Griffin. Quel gâteau?

— Je veux participer au cambriolage.

— Pas question, décrète Griffin. On a choisi les membres de l'équipe en fonction du plan. Si jamais on a besoin d'un insupportable beau parleur, tu seras le premier sur la liste.

— Tu as besoin de moi, insiste Darren. Tu as une grimpeuse, un comédien, un génie de l'informatique et une dresseuse de chiens, mais il te manque encore quelqu'un : un costaud.

— Ce n'est pas très lourd une carte de baseball, fait observer Benjamin.

— Non, mais les gens, eux, le sont ... surtout si tu dois les descendre ou les remonter au bout d'une corde. Par un puits de lumière, par exemple.

— Je me fiche de ta force, lance Griffin, furieux. Ce n'est pas toi qui décides. On est six contre toi.

— Très bien. Mais si tu me chasses d'ici, je m'en vais directement chez Sergio Cromino.

Griffin le fixe durement, ses yeux braqués sur lui comme deux rayons laser.

— Tu n'oserais jamais!

— Tu parles que je n'oserais pas! s'amuse Darren en affectant un air étonné. C'est *vous* qui allez avoir de gros ennuis.

Griffin observe l'expression moqueuse de Darren et il sait que sa menace est très sérieuse. Darren est son pire ennemi depuis la maternelle. Il n'hésitera pas une seconde à les dénoncer.

Seuls deux choix s'offrent à lui maintenant. Ou bien il laisse Darren participer au cambriolage ou bien ils laissent tous tomber le plan.

Griffin regarde Benjamin, puis chacun des membres de l'équipe. Un à un, ils hochent la tête,

Pic la dernière.

— Ça ne peut pas nuire d'avoir une grosse brute dans l'équipe.

— Tu ne le regretteras pas, répond Darren, rayonnant.

Mais Griffin le regrette déjà.

———

17

Le lendemain, un paquet sous le bras, Logan Kellerman remonte l'avenue Park Extension en direction du numéro 530.

Eli Mulroney est assis sur son perron, comme Griffin et Benjamin l'avaient prédit.

Il est toujours là, avait expliqué Griffin. *On est passés dans le coin une douzaine de fois. Il pourrait aussi bien être un flamant rose sur la pelouse.*

— Qu'est-ce que je peux faire pour toi, mon garçon?

Logan sourit au vieil homme.

— J'habite au 530 University et ce paquet a été livré chez nous par erreur. Êtes-vous… (il consulte l'étiquette) Eli Mulroney?

— C'est bien moi, mais je n'attends aucun colis.

Logan rejoint le vieillard sur le perron et lui montre l'étiquette. Elle sort tout juste de l'imprimante de Melissa.

M. Mulroney est perplexe.

— C'est bien vrai, c'est pour moi. Qui me l'envoie?

Logan hausse les épaules.

— Ce n'est pas écrit. Il y a peut-être une note à l'intérieur.

Le vieil homme sort un canif qui donne froid dans le dos et coupe soigneusement le ruban adhésif qui retient les côtés de la boîte. Plusieurs centaines de billes en mousse de polystyrène en jaillissent et se répandent sur le perron.

— Sapristi! grogne l'homme en contemplant le dégât.

Il sort de la boîte un jeu d'échecs magnétique, un jeu de dames, un jeu de backgammon, une boîte de dominos, un jeu de cartes et un jeu de Monopoly.

— Pas de note? demande Logan.

— Je ne touche pas le fond de la boîte! Ces fichues billes styromousse collent aux mains et on n'arrive pas à s'en débarrasser!

— En tout cas, ce doit être quelqu'un qui sait que vous aimez les jeux, insiste Logan.

— Je déteste les jeux! réplique sèchement

M. Mulroney. Quoique…

Pendant un instant, ses yeux brillent.

— À une époque, j'étais un véritable champion au backgammon. Bien sûr, ça fait très longtemps tout ça.

Logan perçoit une ouverture et en profite.

— J'ai toujours voulu jouer au backgammon. Est-ce que vous seriez prêt à m'apprendre? Enfin, si vous avez le temps, bien sûr.

Méfiant, le vieil homme hausse un sourcil.

— Quoi? Tu n'as rien de mieux à faire que de traîner avec un vieux schnock comme moi?

Voici ma chance! se dit Logan.

C'est le moment d'utiliser son talent. Il se compose un air mi-triste, mi-timide, et répond :

— Pas vraiment, non. On vient à peine d'arriver ici. Je ne me suis pas encore fait d'amis.

— Prends-toi une chaise, mon garçon. Comment t'appelles-tu?

Logan sent son cœur battre à tout rompre. C'est son premier vrai travail d'acteur. Et il pourrait lui rapporter le plus gros cachet jamais vu à l'est d'Hollywood.

Le soir venu, l'équipe du cambriolage se réunit dans le garage des Bing où a lieu le dévoilement du nouveau plan de Griffin. Le Ramasseur futé est appuyé contre le mur. On dirait une sentinelle qui veille sur l'établi, le centre nerveux de l'opération, autour duquel les jeunes sont rassemblés.

LE GRAND CAMBRIOLAGE DE LA CARTE DE BASEBALL - 2E PARTIE

L'équipe :

(i) GRIFFIN BING : Chef d'équipe et opérateur du chalumeau

(ii) BENJAMIN SLOVAK : Lieutenant et spécialiste des espaces réduits

(iii) SAVANNAH DRYSDALE : Dresseuse de chiens

(iv) LOGAN KELLERMAN : Neutralisateur de voisin curieux et 1er préposé au guet

(v) ANTONIA « PIC » BENSON : Responsable du premier étage

(vi) MELISSA DUKAKIS : Spécialiste de l'électronique et 2e préposée au guet

(vii) DARREN VADER : Monsieur muscle et tâches diverses

Lieu de rendez-vous : Château d'eau
Entrée : Puits de lumière

Griffin s'adresse d'abord à Pic.

— Alors, comment entre-t-on dans la maison?

— On a besoin d'une échelle rétractable de huit mètres. Grâce à elle, on atteindra le bord du toit, explique-t-elle en exhibant une photo de l'arrière de la maison de Sergio Cromino. Vous voyez ce tuyau d'évent? On va y accrocher une corde. Comme ça, on pourra grimper sur le toit et redescendre jusqu'au puits de lumière qui se trouve ici (elle le montre du doigt), juste sous l'arête, du côté est.

— Ça semble assez simple, commente Griffin.

— Pour une chèvre de montagne, oui, ajoute Benjamin avec un air inquiet.

— Ce n'est pas aussi effrayant que ça en a l'air, le rassure Pic. On va porter des harnais de sécurité sur le toit. Comme ça, même si tu tombes, tu ne tombes pas. D'ici là, je vous donnerai un petit cours d'escalade pour les débutants. Comme ça, vous pourrez vous familiariser avec l'équipement. Il n'y a pas de danger véritable.

— Bien, approuve Griffin. Okay, Logan, c'est ton tour. Comment ça se passe avec M. Mulroney?

Comme d'habitude, Logan fait le modeste.

— S'il y avait des Oscars dans la catégorie Cambriolage, on me remettrait toute la quincaillerie. J'ai créé un personnage tellement réaliste, tellement crédible, tellement attachant…

— Allez, crache la réponse! s'impatiente Darren.

— Il m'apprend à jouer au backgammon. Mais c'est tellement plus que ça. Je suis véritablement *devenu* ce personnage.

— J'espère bien, dit Griffin. C'est *toi!* Tu joues ton propre rôle! Toute l'affaire consiste à faire en sorte que le pépé ne se doute pas une seconde de ce qu'on fabrique et qu'il n'appelle pas la police. Bon, as-tu du nouveau?

— Une chose est sûre, rien ne tire M. Mulroney de sa chaise, déclare Logan. Il s'accorde quelques pauses pour aller aux toilettes et se faire des sandwiches qu'il mange dehors. Il dit qu'il n'a besoin que de trois ou quatre heures de sommeil par nuit. C'est un drôle de moineau, mais vous savez quoi? Je l'aime bien. Après tout, je suis peut-être moi-même un drôle de moineau…

— Tu crois? demande Darren d'une voix quelque peu sarcastique.

— Ah, ouais, c'est vrai! ajoute Logan. Il est très fier d'avoir encore une vision parfaite à son âge.

Benjamin lève la tête.

— Es-tu sûr qu'il n'y a rien d'autre qu'on devrait savoir? Sa chaise berçante est peut-être munie d'un radar?

— Non, c'est pas mal du tout, je crois. Sauf pour le puits de lumière. Il est visible depuis le perron de M. Mulroney, même le soir. La lumière des lampadaires se reflète dans la vitre.

Benjamin explose.

— Quand avais-tu l'intention de mentionner ce détail? Au moment où le pépé va composer le 9-1-1, le soir du cambriolage?

— On devra trouver un moyen d'éteindre le lampadaire pendant un moment, dit Griffin. Bon, Melissa, as-tu réussi à t'introduire dans la boîte courriel de l'Escroc?

Melissa écarte ses cheveux.

— Oh, c'est déjà fait. Il a deux adresses, une personnelle et une pour ses affaires. Les deux adresses passent par le site Internet qu'il a créé pour son commerce. Chaque message à son nom arrive maintenant dans mon ordinateur en premier.

— Ce qu'il nous faut, explique Griffin, c'est trouver un moment sécuritaire pour exécuter notre plan. Tu sais, une période de trois ou quatre heures durant laquelle on est certains qu'il n'est pas à la maison.

— Je ne vois rien de ce genre.

— Même pas une fin de semaine à la campagne? insiste Benjamin. Un mariage? Une réunion de famille? Ou encore un souper super important à New York?

Elle hausse les épaules.

— Pas vraiment. La plupart de ses courriels personnels sont en fait des pourriels. Il a eu un message du Club des partisans des Rangers de New York et une note de l'épicerie confirmant la livraison de sa dinde de dix kilos.

Griffin est dégoûté.

— Quoi? Je ne peux pas croire qu'un type aussi malhonnête que lui connaisse assez de personnes pour les inviter à manger une dinde de dix kilos en sa compagnie!

— Eh bien, raisonne Logan, c'est bientôt l'Action de Grâce.

— Si tu n'as rien de mieux à faire que de passer un jour de congé en compagnie de l'Escroc, c'est que ta vie est vraiment minable, commente tristement Benjamin.

— C'est trop dommage, gémit Griffin. On a le plan parfait, mais aucune chance de le mettre en œuvre parce qu'on n'arrive pas à sortir ce type de sa maison.

— On pourrait peut-être essayer le jour, pendant qu'il est à son magasin? suggère Savannah.

— J'y ai pensé, répond Griffin, mais on serait

trop visibles. L'échelle sauterait toute de suite aux yeux.

Darren éclate de rire.

— Bing, t'es vraiment bête! La vente aux enchères va avoir lieu et toi, tu vas être encore là à attendre que le type aille au cinéma. Sers-toi de ta tête. Si tu veux qu'il sorte, fais-le sortir!

— On ne peut tout de même pas l'enlever! lance Pic avec colère.

— Il vend des objets de collection liés au sport professionnel, aboie Darren. Il est un partisan des Rangers. Achète-lui un billet pour une partie de hockey.

— Ah, ouais! réplique Griffin, furieux. Voici un petit cadeau de remerciement pour nous avoir arnaqués. Ça va marcher, c'est sûr!

— On devrait peut-être lui envoyer le billet par la poste avec une lettre expliquant qu'il l'a gagné, suggère Savannah.

Griffin secoue la tête.

— Il va tout de suite se méfier. On ne peut pas gagner à un concours auquel on n'a pas participé.

Darren est de plus en plus exaspéré.

— Écoutez comment on fait : on colle le billet dans une carte d'anniversaire adressée à quelqu'un d'autre et on la glisse dans la boîte aux lettres de l'Escroc comme si le livreur s'était trompé de maison. Si l'Escroc est aussi crapule que vous le dites, il ne résistera pas à l'idée de piquer le billet d'un autre. Il va aller voir la partie de hockey et, bien sûr, il va rester jusqu'à la fin de la dernière période.

— Ah, c'est comme ça que ton cerveau tordu fonctionne! s'insurge Pic, révoltée.

— Attendez! intervient Griffin tout excité. Je crois que Darren a raison!

Griffin Bing et Darren Vader n'ont jamais été amis. Si Griffin a accepté que Darren fasse partie de l'équipe, c'est parce qu'il y a été forcé. Non seulement il n'aime pas Darren, mais en plus, il se méfie de lui. Et dans une opération comme celle-ci, tout repose sur la confiance.

Pourtant, Griffin se rend maintenant compte que Darren est doté d'un talent particulier qu'il ignore.

Darren est tellement voyou qu'il pense exactement comme l'Escroc.

18

DATE DE L'OPÉRATION : Le jeudi 16 octobre
MATCH DE HOCKEY : Au Madison Square Garden
- Rangers contre Maple Leafs
DÉBUT DE LA PARTIE : 20 h
DÉPART de l'Escroc pour New York : 18 h 30 - 19 h
COUCHER DU SOLEIL : 18 h 41
HEURE H : 19 h 30

Griffin se détend et examine l'horaire. Tout devrait se dérouler comme sur des roulettes. Ils ont un bon plan et les personnes qualifiées pour l'exécuter. Ils devraient s'emparer de la carte et être de retour chez eux avant le début de la troisième période du match des Rangers… même en prenant en compte les pépins éventuels.

Griffin n'est pas vraiment à l'aise avec l'idée que le cambriolage ait lieu la veille de la vente aux enchères annuelle des objets de collection de sport de la société Worthington, mais il n'a pas le choix. Les Rangers reviennent d'un long séjour à l'extérieur et jeudi est le seul match qu'ils jouent à New York avant le 17 octobre. C'est donc le 16 ou jamais. Et jamais n'est pas une option.

Il contemple le billet de hockey sur son bureau. Dépenser quatre-vingts dollars pour un abruti comme l'Escroc! Sa seule consolation, c'est que Benjamin et lui ont payé le billet avec l'argent que l'arnaqueur leur a donné pour la carte de Babe Ruth. Griffin y voit une certaine poésie : l'Escroc finance sa propre chute… par ses transactions malhonnêtes.

La vengeance aura un goût exquis.

Malgré tout, Griffin n'arrive pas à se défaire d'un sentiment désagréable. Tous les jeunes risquent d'avoir de sérieux ennuis en participant au cambriolage. Si les choses tournent mal jeudi et qu'ils se font attraper, Griffin sait qu'il devra assumer la responsabilité de toute l'histoire. Il s'agit de son combat, du sort de sa famille. Benjamin et les autres ne devraient pas payer pour ça.

D'accord, je l'avoue. Je suis nerveux. Dans une opération pareille, ce n'est pas mauvais d'avoir la trouille un peu. Ça garde l'esprit vif.

Il appuie sur une touche du clavier de son ordinateur pour ranimer l'écran qui est en état de veille. Comme il s'y attendait, un autre message de Melissa est entré. Objet : DEVOIR (leur nom de code pour tout ce qui concerne le cambriolage). Melissa lui envoie une copie des courriels de l'Escroc qu'elle a intercepté.

Celui-ci est une vidéo faisant la publicité de la vente aux enchères annuelle des objets de collection de sport de la société Worthington. Griffin clique sur le lien et regarde la promotion vidéo de soixante secondes, la lèvre ourlée par l'indignation. La carte de Babe Ruth est l'événement de l'année. L'annonceur l'appelle « la découverte la plus excitante des cinquante dernières années ». On présente même un extrait de l'entrevue avec S. Cromino. La crapule sourit d'un air satisfait en regardant une tablée d'experts pousser des oh! et des ah! devant la carte du Bambino. L'un d'eux la compare même à la célèbre carte d'Honus Wagner. Tout ce beau monde est d'accord pour dire que sa vente va rapporter une petite fortune.

— Magnifique! s'exclame un homme qui examine l'objet à la loupe. Mais pourquoi est-elle aussi froide?

Comme toujours, l'arnaqueur à l'air suffisant a réponse à tout :

— Pour me rappeler tout l'argent frais que sa vente va me procurer!

Quand la vidéo se termine, Griffin tremble de fureur. Les derniers doutes qu'il pouvait avoir à propos de l'opération de jeudi viennent de disparaître devant le plaisir vaniteux de l'Escroc. Pas question de voir ce maître des tours de passe-passe profiter de son crime.

Il faut parfois un vol pour arrêter un voleur.

Le soleil est en train de disparaître lorsque Sergio Cromino déverrouille sa porte, entre dans le vestibule et désarme son système d'alarme.

Il est de bonne humeur. C'est facile d'être de bonne humeur quand on est riche… ou du moins, quand on sait qu'on le sera dans vingt-quatre heures.

Il se penche pour ramasser le courrier livré par la fente de la porte.

Une facture… une autre facture… un magazine… des publicités… Tiens, qu'est-ce que c'est?

Il n'y a aucun timbre ni aucune adresse sur l'enveloppe carrée bleue. La personne qui l'envoie est donc venue la porter elle-même... mais dans la mauvaise maison, car l'inscription dit : *Pour toi, oncle Archie, avec affection.*

Sans aucun scrupule, l'Escroc déchire l'enveloppe et en sort une carte d'anniversaire aux couleurs vives. À l'intérieur, il y est écrit : Bon 50e anniversaire. Profite bien de la partie! Affectueusement, Maggie et Ted.

Un billet pour le match de jeudi opposant les Rangers aux Maple Leafs est fixé à la carte à l'aide d'un trombone.

Le visage rond de S. Cromino s'illumine lentement d'un grand sourire.

De mieux en mieux. Ses yeux comme des œufs au miroir se mettent à briller.

Enfin, de mieux en mieux pour moi. Le pauvre Archie n'ira pas à la partie, mais moi... oui!

19

Jeudi… le jour J.

Griffin ne se souvient pas avoir perdu autant de temps à l'école. M. Martinez aurait aussi bien pu donner ses cours en swahili que Griffin ne s'en serait pas aperçu. Son esprit est préoccupé par les nombreux détails du plan. C'est un peu comme s'il avait été mandaté pour terrasser un alligator, mais qu'il devait d'abord classer des mots par ordre alphabétique et prétendre que c'est important.

Il sent que les autres membres de l'équipe sont tendus, eux aussi. Quand Benjamin descend à l'infirmerie pour son médicament, il trébuche et s'affale de tout son long. Pic est distante et concentrée. Logan marmonne plus qu'à l'habitude et ses divagations n'ont rien à voir avec des auditions à venir. Savannah est tellement distraite qu'elle mange la moitié de son sandwich avant de penser à demander aux dames de la cafétéria s'il est fait avec du thon respectueux des dauphins. Même Darren est tranquille, renfermé et un peu moins haïssable que d'habitude.

Quant à Melissa, impossible à dire. Elle est peut-être morte de peur derrière son rideau de cheveux. Une chose est sûre : elle est au travail, trimballant son ordinateur portable partout avec elle et surveillant les courriels de l'Escroc.

C'est après le dîner, soit six heures avant l'heure H, qu'elle aborde Griffin en lui murmurant à l'oreille :

— On a un problème.

Griffin essaie de masquer l'inquiétude qui l'envahit lorsqu'il lit le message affiché à l'écran.

Monsieur Cromino,

En raison de l'attention grandissante des médias pour votre article, la société de commissaires-priseurs Worthington a décidé de le ramasser jeudi après-midi plutôt que vendredi matin. Notre messager autorisé sera à votre domicile entre 16 h 30 et 17 h.

Veuillez confirmer votre adresse : 531, avenue Park Extension, Cedarville, New York.

Salutations distinguées,

En quelques mots, Benjamin verbalise toute la panique de Griffin.

— C'est deux heures *avant* notre arrivée! s'écrie le garçon. Griffin, qu'est-ce qu'on va faire? On ne peut pas voler une carte qui est déjà à New York!

Griffin s'applique à respirer profondément et fait de son mieux pour rester calme.

— Okay… Je suis content que ça arrive. C'est une excellente nouvelle.

Benjamin est consterné.

— Pourquoi dis-tu une chose pareille?

— Il y a *toujours* un imprévu dans un plan. Maintenant qu'il est arrivé, il n'y a plus qu'à s'adapter.

— On ne peut pas s'adapter au fait que la carte n'est plus là! lance Benjamin, paniqué.

— L'Escroc n'a pas encore vu le message, leur rappelle Melissa. Je l'ai intercepté avant qu'il ne le reçoive. On pourrait peut-être répondre au gars de l'entreprise de vente aux enchères en se faisant passer pour l'Escroc? On pourrait lui dire de venir quelques heures plus tard, par exemple.

— Trop risqué, objecte Griffin en sifflant entre ses dents. Si c'est impossible pour eux, ils risquent de téléphoner. Ce qui serait parfait, c'est qu'ils se perdent.

— On pourrait peut-être leur donner de fausses indications, suggère Benjamin.

— Ils ne demandent pas d'indications, fait remarquer Melissa. Ils sont probablement dotés d'un système de navigation par satellite.

La mine préoccupée de Griffin s'épanouit soudain en un large sourire.

— Laisse-moi voir.

Il fait pivoter l'ordinateur et se met à écrire :

Monsieur Mansfield — URGENT! Correction d'adresse.
Je n'habite pas à Cedarville, mais bien à
CEDAR SPRINGS.
Merci.
S. Cromino

Les trois jeunes échangent des sourires nerveux. Cedar Springs se trouve dans le comté de Westchester... à cent kilomètres de là.

À 18 h 30, soit une heure avant l'heure H, Logan Kellerman descend l'avenue Park Extension à vélo et s'arrête dans l'entrée du numéro 530.

Eli Mulroney est déjà à son poste habituel, sur le perron. La seule différence dans la routine inaltérable du vieux mineur à la retraite, c'est qu'il y a maintenant deux chaises berçantes dehors, séparées par une table basse qui accueille le jeu de backgammon.

— Je suis surpris de te voir ici, le taquine le vieil homme. Après la défaite que je t'ai infligée la dernière fois, ça prend du courage.

— C'est seulement onze à sept, répond Logan en souriant.

Perdre, mais sans que cela ne paraisse trop, fait également partie de son travail d'acteur. Pour Logan, ce rôle représente autant que celui de Jack Sparrow pour Johnny Depp dans *Pirates des Caraïbes*.

Ils installent le jeu et déposent un gros caillou dessus pour l'empêcher de s'envoler au vent, car une forte brise souffle.

— Il vente ce soir, commente Logan. Je me demandais si vous alliez être dehors.

M. Mulroney ricane.

— On attrape le reste de la grosse tempête qui a frappé la Caroline. Des rafales jusqu'à quatre-vingts kilomètres à l'heure.

Il lance les dés.

Logan jette un coup d'œil au toit escarpé de la maison de l'Escroc, de l'autre côté de la rue, et frissonne.

La partie commence. M. Mulroney prend rapidement la tête. Ni l'un ni l'autre ne prête vraiment attention aux trois filles qui font du patin à roues alignées sur le trottoir.

Bien sûr, Logan sait qu'il s'agit de Melissa, de Savannah et de Pic. Il n'est pas surpris non plus de les voir toutes les trois s'asseoir sur le carré de pelouse entourant le lampadaire pour lacer leurs patins. Plus encore, il sait que seulement deux d'entre elles les resserrent véritablement. Pendant ce temps, Melissa, cachée par les deux autres, dévisse le panneau d'accès au bas du poteau.

Elle enfile un gant isolé, attrape une petite pince coupe-câbles et coupe tous les fils électriques qu'elle y trouve. Puis, elle remet le panneau en place et les trois filles s'éloignent. L'opération prend moins de temps qu'il n'en faut à M. Mulroney pour décider comment jouer son double cinq.

La porte du 531 s'ouvre. L'Escroc sort de la maison, vêtu d'un immense chandail des Rangers de New York qui recouvre son gros ventre et qui lui descend quasiment aux genoux. Il monte dans sa Honda Element et file en direction de l'autoroute.

Griffin serait content. L'Escroc a mordu à l'appât. Tout se met en place à la perfection pour l'opération de ce soir.

Quelques minutes plus tard, quand les lampadaires de la rue s'allument, celui qui est devant la maison de S. Cromino reste éteint.

20

À la nuit tombante, six individus vêtus de noir, portant des gants et un bonnet sur la tête, se retrouvent au pied de l'immense réservoir du château d'eau municipal de Cedarville. Le vent fouette leurs vêtements et produit un hurlement en circulant entre les poutres métalliques qui les entourent.

Griffin n'aurait jamais pensé qu'il serait heureux un jour de voir le visage méprisant de Darren Vader. Pourtant ce soir, il est ravi de voir arriver le grand costaud, surtout que celui-ci transporte l'échelle rétractable en aluminium géante de son père. Griffin jette un coup d'œil autour de lui et compte les têtes. L'équipe est complète.

Il redresse les épaules pour replacer le chalumeau qu'il porte sur son dos. Il s'éclaircit la voix et se lance dans le discours qu'il prépare mentalement depuis que l'idée de ce cambriolage a commencé à germer.

— Ce qu'on s'apprête à faire ce soir n'a rien à voir avec une carte de baseball, commence-t-il. Ça n'a même rien à voir avec l'argent. Ce soir, on démontre que l'injustice n'est pas qu'une affaire d'adultes et qu'on ne peut pas rouler les gens simplement parce qu'ils sont plus jeunes que nous. Ce soir, on s'exprime. Ce soir…

— Bla-bla-bla, lâche Darren d'une voix traînante. Ça suffit, Bing. Je ne me sens pas d'attaque pour écouter un discours.

— Je déteste être d'accord avec Darren, renchérit Pic, mais je dois admettre qu'il a raison. On a tous déjà assez peur comme ça, Griffin. On n'a pas besoin de parler du *pourquoi* de l'opération. Faisons-la, tout simplement.

Griffin hoche la tête tout en masquant sa déception.

— O.K., allons-y.

En tant que dresseuse de chiens, Savannah est la première à franchir la clôture. Elle appelle Luthor quelques fois, puis s'immobilise, silencieuse, comme si elle essayait de détecter la présence de l'animal.

— Il n'est pas dehors, annonce-t-elle enfin.

Ils sautent la clôture un par un, Darren le dernier. Il fait passer l'échelle à Griffin avant de grimper à son tour et de sauter sur le terrain de l'Escroc.

Une fois qu'ils sont derrière la maison, Darren et Pic s'occupent de déplier les quatre sections de deux mètres de l'échelle. C'est alors que Griffin sent qu'on lui tire la manche. C'est Benjamin.

— Griffin, je dois te parler.

— Ça ne peut pas attendre?

— Je ne peux pas grimper sur le toit, répond Benjamin en serrant fermement le bras de son ami.

— Bien sûr que tu peux! s'étonne Griffin, abasourdi.

— Non, je ne peux pas. Je pensais que je pouvais, mais je ne peux pas. Je suis désolé.

Griffin tire son ami à l'écart du groupe et lui dit :

— Écoute, j'avais peur qu'un de ces clowns décide de ne pas se présenter comme ils l'ont fait pour la vieille maison Rockford, mais *toi*? De quoi as-tu peur? Du vent? On a des harnais, tu te souviens?

— J'ai peur de m'endormir, dit Benjamin d'une voix honteuse.

— T'endormir? répète Benjamin, complètement

hors de lui. On *t'ennuie*, c'est ça? Le cambriolage n'est pas assez excitant pour te garder éveillé? Qu'est-ce qu'il te faut de plus? Des sirènes d'alerte aérienne?

— Ne te moque pas de moi! Je n'ai jamais parlé de ça à personne. Je souffre de narcolepsie.

— C'est quoi ça?

— Mon corps a du mal à régulariser mon sommeil, explique Benjamin. Je peux tomber profondément endormi à n'importe quel moment du jour ou de la nuit.

— Mais ça ne t'arrive jamais, proteste Griffin. Pas vrai?

— Ça se contrôle en faisant de courtes siestes pendant la journée, explique encore Benjamin en rougissant. Tu sais, quand je vais à l'infirmerie pour mes médicaments, eh bien… ce n'est pas pour prendre des médicaments contres les allergies. Je fais une sieste de quinze minutes et ça me permet de passer le reste de l'après-midi éveillé. Mais chaque fois que mon horaire est chamboulé, ma narcolepsie empire. Tu te souviens quand je me suis endormi dans la caisse en bois, au magasin de l'Escroc?

— Je suis vraiment désolé, mon vieux, dit Griffin, confus. Je ne pouvais pas deviner.

— Je pensais que je tiendrais le coup, continue Benjamin avec un air piteux, mais je bâille et mes paupières sont lourdes. Je reconnais les signes. Je suis désolé de te faire faux bond, mais je n'ai pas le choix : Tomber de l'échelle serait une catastrophe. Sans compter que je pourrais entraîner toute l'équipe dans ma chute.

Griffin n'hésite pas une seconde.

— Hé, tout le monde, annonce-t-il, changement au programme. Ben va faire le guet dans les buissons devant la maison. Melissa, ça veut dire que tu entres dans la maison avec nous par le toit. Te sens-tu d'attaque?

Melissa sépare ses cheveux. Même s'il fait noir, on peut voir ses yeux briller.

— Bonne chance, dit-elle à Benjamin en lui tendant son émetteur-récepteur portatif.

— Bonne chance à nous tous, lance Pic en ouvrant son sac à dos.

Elle en sort cinq harnais d'escalade. Pendant que Benjamin tourne le coin de la maison et se fond dans l'obscurité, Pic ajuste l'équipement de chacun de ses coéquipiers.

Un bruit sourd retentit lorsque l'échelle dépliée est posée contre le côté de la maison. Le cambriolage a commencé.

Avec Pic en tête, l'équipe entreprend l'ascension. Chacun suit son voisin de près. Huit mètres n'ont jamais paru aussi loin ni aussi haut. On dirait que le vent essaie de les arracher aux échelons en aluminium. Seuls les encouragements calmes de Pic les incitent à continuer… et le fait qu'il est tout aussi impensable de reculer.

Griffin est deuxième, tout juste derrière Pic. Il a beaucoup entendu parler de sa famille et de leur talent pour l'escalade, mais c'est la première fois qu'il voit Pic en action. Son travail est impressionnant. Retenue par la seule force de ses mains et de ses pieds, elle progresse sur la pente abrupte du toit jusqu'à son point le plus haut avec confiance. Là, s'agrippant uniquement grâce à la tension de son corps, elle ôte la corde enroulée de son épaule, en lance un bout autour d'un tuyau d'évent en acier et fait passer l'autre bout dans le mousqueton fixé à son harnais.

Une fois solidement attachée, elle noue quatre autres cordes autour du tuyau et lance chacune d'elles à ses grimpeurs novices qui attendent sur l'échelle. Un à un, elle passe les cordes dans leur harnais, puis les hisse sur le toit.

Même s'il sait qu'ils sont attachés de façon sécuritaire, Griffin ne peut s'empêcher de rendre tout son souper sur les bardeaux noirs du toit de l'Escroc. L'angle inhabituel de la surface sous ses pieds, les rafales de vent, l'obscurité quasi complète : tout lui paraît étrange. Il a l'impression qu'il s'apprête à faire une promenade dans l'espace.

Dans un lourd silence, l'équipe rampe jusqu'au faîte du toit et l'enjambe. Parvenus enfin sur l'autre versant du toit, les jeunes descendent peu à peu vers le puits de lumière qui leur servira d'entrée.

Tout à coup, Darren perd pied et dégringole. Il ne crie pas, mais Griffin perçoit un éclair d'horreur dans ses yeux écarquillés quand il dépasse le puits de lumière, impuissant, se dirigeant tout droit vers une chute de plusieurs mètres.

À tout juste un mètre du bord, sa corde se tend et l'immobilise net. Pic l'avait bien dit : *même si tu tombes, tu ne tombes pas.*

— Calme-toi, lui conseille-t-elle doucement. Reprends ton souffle et viens nous rejoindre au puits de lumière.

Encore ébranlé, Darren hoche la tête. Pour une fois, il ne dit aucune réplique ridicule. Il se met à quatre pattes et avance en se tirant sur sa corde, main sur main.

Quelques minutes plus tard, les cinq membres de l'équipe du cambriolage se trouvent autour du puits de lumière.

Griffin et Pic tâtent le joint d'étanchéité qui entoure la fenêtre en forme de pyramide. Leurs doigts se glissent facilement sous le caoutchouc et ils sont bientôt capables d'ouvrir la lourde fenêtre en faisant levier.

Une sensation de triomphe envahit Griffin quand il contemple la salle de bain du premier étage de l'Escroc. Ils ont réussi à entrer chez lui.

21

Depuis des années, Lamar Fontaine travaille comme messager autorisé pour la société de commissaires-priseurs Worthington, et jamais il ne s'est senti aussi égaré qu'aujourd'hui. La localité de Cedar Springs, dans l'État de New York, n'est qu'un minuscule village perdu dans un coin reculé du comté de Westchester. Il y a bien une avenue Park, mais pas une avenue Park Extension. En fait, si on cherche « l'extension » de l'avenue Park, on aboutit tout droit au fond d'un lac. De plus, il n'y a absolument aucune maison portant le numéro 531. D'ailleurs, le village compte moins de 531 maisons et probablement même pas 531 habitants.

Lamar Fontaine a l'impression d'avoir déjà parlé à la plupart d'entre eux en demandant des renseignements. C'est encore pire que la fois où il avait dû transporter un vase Ming à travers tout Brooklyn durant la grande panne d'électricité.

Il finit par apercevoir une station-service où il entre pour demander de l'aide. Le commis du petit commerce ne connaît pas cette rue, par contre un des clients apporte une piste de solution.

— Écoutez, je ne veux pas me mêler de vos affaires, mais j'ai grandi à Long Island et je crois qu'il s'agit de Cedarville, et non de Cedar Springs. Il y a là-bas une avenue Park Extension, la seule que je connaisse d'ailleurs.

— Merci, dit Lamar Fontaine en remontant dans son véhicule.

Mauvaise ville. Mauvais comté. Mauvaise région de l'État. C'est l'histoire du vase Ming qui recommence. Pourquoi faut-il que ça tombe toujours sur lui?

Cinq cordes en nylon tombent sur le plancher de la salle de bain, juste sous le puits de lumière.

Savannah descend la première, attentive au moindre signe de Luthor.

— La voie est libre, crie-t-elle aux autres restés en haut.

Griffin descend ensuite, suivi de Melissa, puis de Darren qui trouve le moyen de laisser des traces de bottes sur le mur. Griffin lui tend une serviette pour qu'il les efface.

Pic s'assure que les autres ont bien mis pied à terre avant de sauter sur sa corde et d'amorcer la descente. Tout à coup, un bruit de métal qui se déchire retentit. Pic tombe. Griffin accourt pour tenter d'amortir sa chute. Darren et lui l'attrapent à moitié, mais cela n'empêche pas Pic de se tordre la cheville en heurtant le carrelage.

— Aïe!

Le tuyau d'évent, tout rouillé et au bord ébréché, tombe à sa suite, encore entouré des cinq cordes d'escalade.

— Pic, est-ce que ça va? s'empresse de demander Griffin.

Pic teste sa jambe droite en serrant les dents. Elle grimace de douleur.

— Je ne crois pas que ce soit cassé, parvient-elle à dire, mais c'est une vilaine entorse!

— Peux-tu marcher? demande Savannah.

— Je vais réussir, répond Pic avec courage, mais je ne pourrai plus grimper.

Elle regarde d'un air piteux le tuyau d'évent perdu parmi l'enchevêtrement de cordes.

— D'ailleurs, je pense que personne d'autre ne pourra grimper.

La triste vérité s'abat d'un coup sur Griffin.

— Es-tu en train de dire qu'on est pris ici?

Pic hoche la tête tristement.

— J'aurais pu regrimper là-haut et trouver autre chose pour vous aider à sortir d'ici, mais plus maintenant...

Griffin saisit l'émetteur-récepteur portatif fixé à sa ceinture.

— Ben, on a un problème ici. Tu dois trouver le moyen de gravir l'échelle et de nous lancer une nouvelle corde. Je devine que l'idée ne t'emballe pas, mais c'est une urgence. Pic s'est...

Il fronce les sourcils.

— Ben! Es-tu là, Ben? insiste-t-il en tapant l'appareil contre sa cuisse. Hé, Ben! Youhou!

Il regarde les autres et ajoute :

— Ben est absent pour un moment. C'est une longue histoire.

— Es-tu en train de nous dire qu'on est obligés d'attendre que l'Escroc revienne et nous trouve ici? demande Savannah, horrifiée.

— Oublie ça, tranche Darren d'un ton catégorique. Dans le pire des cas, on sort par la porte d'entrée. Bien sûr, ça va déclencher l'alarme. Et après? Je préfère encore essayer de rentrer à la maison en courant avant que la police n'arrive.

— Pas de déclenchement d'alarme! s'exclame Griffin. Personne n'ouvre de porte ou de fenêtre sans mon consentement. On s'en tient au plan.

— Au cas où tu ne l'aurais pas remarqué, ton fameux plan est fichu, dit Darren en désignant Pic.

— Le plan prévoit de trouver la carte d'abord, reprend Griffin. Ensuite, on s'occupera de sortir d'ici.

Melissa émerge de derrière sa chevelure.

— Pendant ce temps, je vais jeter un coup d'œil à la boîte du système d'alarme. Je peux essayer de faire quelque chose.

— Tu ne dois pas éteindre le système, l'avertit Griffin. La centrale contacterait aussitôt l'Escroc... qui n'hésitera pas à appeler la police.

— Je vais faire attention, promet Melissa. Fais-moi confiance.

Griffin est surpris de constater à quel point, *effectivement*, il a confiance en elle.

— Hé, tout le monde, souvenez-vous de garder vos gants. Pas d'empreintes.

Il avale avec difficulté. Après tout, l'opération n'est peut-être pas encore complètement fichue.

Un long grondement sourd provenant du corridor vient interrompre ses pensées. Quand la tête noire et beige de Luthor apparaît dans le faisceau de la lampe de poche de Griffin, le doberman est déjà sur sa lancée en mode attaque.

— Savannah!

Il pousse la dresseuse de chiens dans la trajectoire du boulet de puissance canine brute de quarante-cinq kilos.

D'un geste, Savannah retire le bonnet qui recouvre sa tête et libère ses cheveux longs qui tombent en cascade sur ses épaules.

— Luthor! *Mon chéri!*

Le gros chien de garde s'arrête en plein élan, se jette sur le dos et gigote comme un chiot enjoué en présentant son ventre à la jeune fille pour qu'elle le gratte.

Reconnaissante, Savannah roucoule :

— Bon chien. Beau chien! Oh, Luthor! Tu m'as tellement manqué!

C'est seulement en reprenant la parole que Griffin se rend compte qu'il retenait son souffle depuis tout ce temps.

— O.K., groupe. Dispersez-vous. On doit trouver le coffre-fort et vite!

Pic boitille jusqu'à une petite chambre d'ami et se laisse tomber lourdement sur le lit. Elle relève le bas de son jean et éclaire sa cheville avec sa lampe de poche. Elle ne semble pas trop enflée pour le moment, mais Pic sait que si elle ôte sa chaussure, elle ne pourra plus la remettre. Sa cheville va enfler comme une pastèque. En temps normal, elle devrait s'empresser d'appliquer de la glace dessus, mais qui a le temps pour ça au beau milieu d'un cambriolage? Pas question de laisser tomber les autres. Elle l'a déjà fait assez en se blessant.

— Aucune trace du coffre-fort? demande Griffin en entrant dans la chambre.

Pic clopine dans la pièce et vérifie dans le petit placard.

— Rien.

Griffin remarque la grimace qui accompagne chacun de ses pas.

— Est-ce que ça va aller? Tu ferais peut-être mieux de rester assise. On va le trouver.

— Je vais survivre, le rassure Pic.

— J'y compte bien.

Il se précipite dans le corridor sombre où il manque de heurter Savannah et le chien.

— Griffin, quelque chose cloche chez Luthor.

— Ouais, c'est un psychopathe, on le sait. Autre chose?

— Je suis sérieuse! Il est agité et nerveux. Il regarde sans cesse derrière lui. Je crois qu'il essaie de me dire quelque chose.

Comme pour prouver ce qu'elle avance, le chien tire doucement sur la manche de Savannah et la tire vers l'escalier.

— Tu vois?

— Écoute, dit Griffin avec impatience, on donnera un coup de fil anonyme à l'Escroc demain et on lui dira de conduire son chien chez le vétérinaire. Mais en ce moment, contente-toi d'improviser. Tant que le chien ne mord personne, tout va bien. D'accord?

— Mais Griffin...

— Je l'ai trouvé! Il est ici! crie soudainement Darren.

22

Tous les jeunes convergent vers la chambre des maîtres. Darren est à quatre pattes et il éclaire le dessous de la table de chevet avec sa lampe de poche. Là, à l'abri des regards et vissé dans le sol, se trouve le coffre-fort que Griffin a vu pour la première fois derrière le comptoir du Royaume du collectionneur.

Le coffre-fort qui contient la récompense d'un million de dollars.

Griffin se décharge du chalumeau qu'il trimbale sur son dos, puis sort de sa poche des lunettes de sécurité et un briquet.

— J'ai besoin d'espace, annonce-t-il.

Il ouvre le gaz et l'enflamme à l'aide du briquet.

Voilà au moins vingt minutes que Melissa fixe la porte d'entrée de la maison. Plus elle y réfléchit et plus la solution lui semble évidente. Simple comme bonjour, mais extrêmement délicate à réaliser.

Le système est composé de deux capteurs magnétiques, l'un fixé au cadre de porte et l'autre à la porte. Quand la porte s'ouvre, les capteurs s'éloignent l'un de l'autre. Du coup, le signal ne se rend plus et l'alarme se déclenche.

Tout ce que je dois faire, c'est retirer le capteur de la porte et le fixer à l'autre.

Le seul ennui, c'est qu'à la moindre erreur (si sa main glisse ou si elle échappe une pièce, par exemple), elle provoquera leur arrestation à tous.

Melissa sait qu'elle est calée en électronique. Elle a monté son ordinateur toute seule, à partir d'une trousse. Ce qu'elle s'apprête à faire, elle pourrait le faire les yeux fermés, une main derrière le dos.

Mais l'enjeu n'a jamais été aussi grand qu'en ce moment. De plus, elle n'a jamais travaillé avec autant de personnes. Pour une solitaire comme elle, faire partie d'une équipe, c'est tout à fait nouveau. Elle devrait peut-être demander aux autres avant, en parler à Griffin.

Elle repense tout à coup à l'invitation vert

pomme qui la conviait à la première réunion dans la réserve des vieux ballons : *Tes talents particuliers ont été remarqués...*

Son talent, c'est justement celui-ci. Elle va donc relever le défi et se prouver à elle-même autant qu'à n'importe qui qu'elle mérite sa place dans l'équipe.

Elle court à la cuisine et farfouille jusqu'à ce qu'elle déniche le tiroir à bric-à-brac. Elle y trouve rapidement les deux objets dont elle a besoin : un petit tournevis à tête cruciforme et un rouleau de ruban-cache.

De retour près de la porte, elle installe sa lampe de poche sur une table du vestibule de façon à éclairer la zone de travail. Elle encercle ensuite les deux capteurs d'une bande de ruban-cache, sans serrer. Avec le doigté d'une chirurgienne — par chance, ses gants sont fins et bien ajustés — elle retire les deux vis qui retiennent la petite pièce à la porte. Le capteur est maintenant libre, maintenu en place seulement par le ruban-cache.

Melissa est morte de peur, mais ses mains demeurent d'une précision incroyable, pas un seul tremblement. Avec un soin maniaque, elle déplace la pièce libre jusqu'à ce qu'elle touche sa jumelle, fixée au cadre de porte. Un autre bout de ruban-cache et voilà les deux pièces solidement attachées l'une à l'autre. Il y a juste assez de place pour ouvrir et fermer la porte.

Jusqu'ici, tout va comme sur des roulettes. Il ne reste plus qu'à tester le travail.

Elle ôte le verrou, tourne la poignée et ouvre la porte d'une quinzaine de centimètres. Poussé par le vent de la nuit, un courant d'air froid l'assaille. Aucune sirène ne retentit. Le frisson que lui procure son triomphe est si puissant qu'elle a du mal à retenir un cri.

Si elle avait crié, elle aurait peut-être réveillé Benjamin qui se trouve tout juste à quelques mètres de là. Il est à son poste, caché dans les buissons... mais roulé en boule et profondément endormi comme s'il était dans un lit de plumes.

— Luthor, qu'est-ce qui ne va pas? demande Savannah au doberman pour la énième fois. Pourquoi es-tu aussi bizarre?

L'amie des bêtes essaie tant bien que mal de calmer la nervosité de Luthor, mais rien n'y fait. Savannah s'est toujours vantée de pouvoir deviner les pensées d'un animal en observant son langage corporel, mais tout ce qu'elle comprend de Luthor en ce moment, c'est la folle agitation qui l'anime. Le plus frustrant, c'est qu'elle a le sentiment que l'animal essaie de lui dire quelque chose d'important.

Gémissant et remuant de plus belle, Luthor l'agrippe à nouveau par la manche et la tire vers l'escalier.

— D'accord, je viens. Ne tire pas si fort.

Savannah peine à garder l'équilibre pendant que le chien l'entraîne en bas des marches et lui fait traverser l'entrée principale aux carreaux noirs et blancs. Tandis qu'elle s'efforce de le suivre sans trébucher, elle se rend compte que le chien la mène vers une destination bien précise : un bureau improvisé, installé à l'avant de la maison. Plus ils approchent de la porte et plus Luthor se montre agité.

Intriguée, Savannah balaie la pièce avec sa lampe de poche. Elle passe près de le rater. C'est un berger allemand, le plus gros qu'elle ait jamais vu. Étendu de tout son long sur une carpette, il dort. Pendant qu'elle l'observe, l'énorme chien secoue sa grosse tête et la tourne vers le faisceau de lumière. Ses yeux rivés sur elle brillent dans l'obscurité.

De toute sa vie, Savannah Drysdale n'a jamais eu peur d'un animal. Mais la cruauté qu'elle lit dans les yeux du berger allemand combinée au gémissement de peur de Luthor à ses côtés lui dicte de réagir très vite. Elle referme la porte d'un coup sec. L'impact d'un corps compact heurtant l'autre côté de la porte finit de la convaincre qu'elle a pris la bonne décision.

Elle attrape Luthor par le collier et gravit l'escalier quatre à quatre. Un jappement retentissant résonne dans toute la maison.

Haletante, elle surgit dans la chambre où Griffin a percé à demi le côté du coffre-fort d'un gros trou. Une fumée âcre flotte dans l'air. Sur le pourtour du trou fait par le chalumeau, le métal brille d'un éclat orange vif.

Pic est assise sur le lit pour reposer sa cheville blessée.

— C'est quoi tous ces jappements? Qu'est-ce qui se passe avec Luthor? Oh…

Son regard étonné tombe sur le doberman qui se tient sagement à côté de Savannah.

— Il y a un autre chien! crie Savannah. Je crois qu'il a été dressé pour attaquer!

Inquiet, Griffin lève les yeux.

— Il est en liberté?

— Il est enfermé dans une pièce au rez-de-chaussée, dit Savannah d'une voix chevrotante. Enfin, je pense bien que c'est un mâle. Je ne peux pas m'imaginer une femelle de cette taille. J'ai peur qu'il ne finisse par fracasser la porte!

— Pourquoi tu ne le calmes pas en lui parlant? lance Darren. C'est pas ça, ton travail?

— Ce n'est pas un bon moment pour essayer, assure Savannah. Il y a trop de monde autour... trop d'intrus dans une maison qu'il doit protéger. C'est pour ça qu'il a été entraîné! Sans compter qu'il pourrait faire fuir Luthor... le pauvre petit est complètement terrorisé par ce monstre!

Le cœur serré, les apprentis cambrioleurs se rendent bien compte que leur dresseuse de chiens a raison. Les paroles de Savannah sont ponctuées de jappements enragés et de coups violents contre la porte en bois.

— Pas de panique, ordonne Griffin. Encore quelques minutes et j'aurai percé le coffre-fort. On aura la carte. De plus, Melissa nous a trouvé une façon de sortir d'ici. On continue à suivre le plan.

Les gémissements pénibles de Luthor laissent cependant deviner qu'il n'en croit pas un mot.

23

Le pointage du tournoi de backgammon est de 13 à 9 quand les jappements retentissent.

— Écoute-moi tout ce vacarme, se plaint Eli Mulroney. Il y a que ce dingue de Cro-Mignon pour héberger les deux chiens les plus bruyants de tout l'univers.

Sans le vouloir, Logan recrache une grosse gorgée de soda au gingembre sur lui.

— *Deux* chiens?

Le vieil homme hoche la tête avec un air de dégoût.

— Je trouvais Luthor déjà malcommode. Il y a quelques jours, mon copain Cro-Mignon a rapporté une bête de chez Toutou-à-louer. À côté de ce monstre, Luthor a l'air d'un hamster. À ce qu'il paraît, Cro-Mignon a mis la main sur une carte de baseball qui vaut une petite fortune.

Logan ne peut rien faire d'autre que continuer à jouer, en essayant de ne pas penser à ce qui se passe de l'autre côté de la rue. Il tente de se rassurer, en se disant que l'équipe peut compter sur un guetteur — Melissa — caché dans les buissons. Si les choses tournent mal, Griffin va l'avertir au moyen de l'émetteur-récepteur portatif et elle ira chercher de l'aide.

Un véhicule tout-terrain noir étincelant remonte lentement la rue. Son chauffeur, penché à la fenêtre, scrute les adresses des maisons. Il passe devant celle de M. Mulroney, puis fait demi-tour et se gare devant son perron, laissant son gros moteur tourner au ralenti.

— Pardon, monsieur. Je cherche le 531, avenue Park Extension.

M. Mulroney désigne la maison de son voisin d'en face.

— C'est là. On ne voit rien à cause du fichu lampadaire éteint. C'est criminel de gérer une ville aussi mal.

— Merci.

L'homme va garer le véhicule dans l'entrée de S. Cromino.

M. Mulroney tend les dés à Logan.

— C'est ton tour. Logan? On dirait que tu viens d'apercevoir un fantôme.

C'est bien pire encore. Logan voit le chauffeur sortir du véhicule et gravir les marches menant à la porte de la maison de l'Escroc.

La sueur qui coule du front de Griffin et qui se glisse sous ses lunettes de sécurité lui pique les yeux. Son bonnet est trempé de transpiration. Il a vu son père travailler tant de fois avec le chalumeau. Jamais il n'aurait imaginé que ce travail était aussi exténuant. À moins que sa fatigue ne soit due à l'excitation qui l'envahit peu à peu tandis qu'il brûle les derniers millimètres de métal du coffre-fort.

Le plaisir qu'il ressent est indescriptible. Un fil à peine le sépare de l'aboutissement du plus grand plan auquel il ait jamais participé. Cela représente tellement de choses en même temps : la victoire, la justice, la vengeance. Sans oublier une cargaison de beaux dollars.

Enfin, le morceau de métal tombe sur le tapis. Griffin fixe le trou béant sur le côté du coffre-fort. Darren dirige le faisceau de sa lampe de poche pour que Griffin puisse voir à l'intérieur. En faisant attention de ne pas toucher les bords chauffés au rouge, il plonge la main dans le coffre-fort.

Il en tire quelques documents, une poignée de pièces de monnaie de collection et trois cents dollars en argent comptant.

Les cinq membres de l'équipe se mettent à fouiller dans le coffre et parmi les objets que Griffin en a sorti.

La carte du Bambino n'est pas là.

Darren explose, exprimant du même coup le désarroi de chacun.

— Bing, espèce d'incapable! Où est la carte?

— Je pensais qu'elle était là-dedans! siffle Griffin.

Il est presque trop déçu et stupéfait pour se disputer avec Darren.

— Je n'ai pas percé ce machin juste pour le plaisir, tu sais!

Pic secoue la tête avec une admiration rancunière.

— Cet Escroc, tout de même… c'est un coriace.

— Il nous a eus, reconnaît Savannah avec tristesse.

— On n'a pas dit notre dernier mot! s'insurge Griffin. Les gens de la vente aux enchères voulaient récupérer la carte aujourd'hui! Elle est quelque part dans la maison!

— C'est super! s'exclame Darren avec ironie. J'ai

failli tomber du toit, un chien dément est en train de dévorer une porte pour nous attaquer et on ne trouve pas la carte. Franchement, ça ne pourrait pas aller plus mal!

À ces mots, la sonnette de la porte retentit.

Lamar Fontaine appuie une deuxième fois sur le bouton de la sonnette.

Ding, dong!

La maison est plongée dans l'obscurité, mais il jurerait avoir vu bouger quelque chose dans une des pièces qui donnent sur l'avant.

Il est un messager autorisé à qui l'on a demandé de récupérer et de livrer un objet dont la valeur peut atteindre un million de dollars. Les clients n'ont pas l'habitude de lui jouer des tours, même lorsqu'il arrive très en retard.

Il appuie encore une fois sur la sonnette, puis teste la poignée de la porte. Elle tourne sans difficulté. La porte s'ouvre toute grande.

La sensation lui est tellement familière : il émerge du confort douillet du sommeil tout en luttant contre un terrible sentiment de « où suis-je? ». Tout à coup, Benjamin Slovak reconnaît les buissons autour de lui : ce sont ceux qui ornent le parterre de l'Escroc.

Oh, non! Le cambriolage!

Il entend un hululement venant de l'autre côté de la rue. Il se creuse la cervelle pour se souvenir ce que cela signifie.

Le signal!

Pourquoi Logan lui donnerait-il le signal d'urgence?

Il lève les yeux et comprend aussitôt. Un homme de grande taille entre dans la maison par la porte d'en avant.

Il sort son émetteur-récepteur portatif et appuie sur le bouton.

— Griffin… il y a un type qui entre dans la maison!

— On le sait, répond une voix aussi faible qu'un murmure. C'est l'Escroc?

— Non, pas du tout. Ça doit être quelqu'un qui le cherche.

Avec précaution, Benjamin gravit les marches et va se planter le nez dans l'une des fenêtres entourant la porte. Il scrute le vestibule de la maison.

L'intrus est dans l'entrée.

— Monsieur Cromino? appelle-t-il. C'est le messager. Monsieur Cromino…

L'homme traverse le hall et ouvre une porte pour y jeter un coup d'œil.

La scène qui se déroule ensuite est tellement

horrible à voir que Benjamin ne pourra jamais plus l'effacer de sa mémoire.

24

Sans crier gare, un animal furieux surgit de la pièce et se jette sur l'intrus. Terrifié, l'homme balance un grand coup de mallette sur le museau du berger allemand. Pendant un instant, le chien bat en retraite en poussant des jappements de douleur et de rage. Tandis qu'il rassemble ses forces pour charger à nouveau, Lamar Fontaine franchit à toute vitesse l'espace carrelé qui le sépare de l'escalier du sous-sol. Il claque la porte derrière lui, une fraction de seconde à peine avant que le chien ne s'élance contre elle, hurlant de rage en cognant son museau endolori une deuxième fois.

L'animal se prépare à donner un autre assaut quand il entend un aboiement en haut. Aussitôt, le berger allemand se précipite à l'étage.

Benjamin sonne l'alerte, en espérant que cela

serve à quelque chose.

— Griffin! Tout le monde! *Planquez-vous!*

Personne n'a le temps de se cacher, ni même de réfléchir. Les voilà coincés dans la chambre principale. Le berger allemand apparaît dans l'embrasure de la porte, les menaçant de ses crocs et leur coupant toute issue possible.

La dresseuse de chiens fait un pas en avant.

— Salut, mon gros toutou, dit-elle de sa voix la plus rassurante. Tu ne veux pas faire de mal à personne, pas vrai? On est tous des amis, ici. Il ne faut pas s'éner…

Dans un grognement malveillant, le monstre bondit vers elle. Voyant Savannah en danger, Luthor s'élance dans la trajectoire du berger agressif. Les deux chiens entrent en collision dans les airs, puis tombent et se ruent aussitôt l'un sur l'autre en grognant.

L'équipe du cambriolage ne perd pas une minute. Les jeunes se précipitent hors de la chambre et dévalent l'escalier, Griffin et Darren soutenant Pic pour l'aider à avancer.

Benjamin les rejoint sur le palier.

— Il y a un chien qui vous poursuit et ce n'est pas Luthor!

— Vite! À la cuisine! ordonne Savannah.

Darren écarquille les yeux.

— Pourquoi? Tu as envie de nous préparer un soufflé?

— Je veux trouver de la nourriture pour distraire la brute et l'empêcher de tuer le pauvre Luthor! réplique-t-elle.

Personne ne la contredit. Le doberman est comme David face à Goliath dans ce combat qui l'oppose à ce berger allemand si imposant. Une chose est sûre, Luthor a risqué sa vie pour protéger Savannah.

Aussitôt arrivée au rez-de-chaussée, l'équipe file vers la cuisine. Savannah ouvre grand la porte du congélateur et le met sens dessus dessous, à la recherche de viande.

— Il n'y a pas de biftecks? demande gentiment Benjamin. Les chiens adorent le bifteck.

— Je ne trouve rien! Un gros machin est dans le chemin!

Elle soulève une énorme dinde surgelée qu'elle laisse tomber sur le carrelage.

C'est à ce moment précis, au milieu du chaos, que Griffin sent un calme étrange l'envahir. Il en oublie ses complices et même le fait que deux chiens sont en train de s'entretuer à l'étage au-dessus. Il s'entend s'exclamer quelques jours plus tôt : *Quoi?*

Je ne peux pas croire qu'un type aussi malhonnête que lui connaisse assez de personnes pour les inviter à manger une dinde de dix kilos en sa compagnie! Il revoit aussi l'expert sur Internet qui s'exclamait, étonné, en tenant la carte : *Mais pourquoi est-elle aussi froide?*

Aussitôt, il s'agenouille à côté du volatile surgelé et plonge la main au cœur de la cavité de l'animal.

Darren est dégoûté.

— J'ai toujours su que tu étais fou, Bing, mais je n'aurais jamais pensé que tu étais du genre à farfouiller dans le derrière d'une dinde!

Pour toute réponse, Griffin brandit un sac en plastique. Une image est visible à travers le plastique transparent.

C'est Babe Ruth dans son uniforme des Red Sox de Boston.

Savannah arrache la pellicule plastique qui recouvre un emballage de deux biftecks d'aloyau. Elle court jusqu'au bas de l'escalier et lance la viande sur le palier du premier étage. Aussitôt, les deux chiens oublient leur combat et se ruent sur la viande dure et froide.

Griffin retire la carte du sac et la regarde tendrement.

— C'est le plus beau moment de toute ma vie.

— Ouais, moi aussi! déclare Darren du tac au tac.

Il lui arrache la carte des mains et s'élance vers la porte avant de la maison en criant :

— Sayonara, les nigauds!

Son geste est tellement inattendu, tellement renversant que le reste de l'équipe en reste bouche bée et le regarde filer, sans bouger d'un poil.

Puis, c'est la folie totale : dans une ruée d'enfer, ils se lancent tous à sa poursuite. Même Pic court à toute vitesse, sautillant et boitant malgré sa douleur.

Griffin mène l'assaut. Dans toute sa planification, il a pensé à presque tous les scénarios possibles, mais il n'a jamais considéré le plus important de tous : une trahison par l'un des membres de l'équipe? Surtout par Darren, qui a toujours été un ennemi et un abruti indigne de confiance.

Quel prix à payer pour un seul oubli!

Darren dévale les marches du perron d'un pas lourd. Griffin le suit, le souffle momentanément coupé par une rafale de vent. Benjamin est sur ses talons. Il grimpe sur la balustrade du balcon et se jette vers la forme fuyante de Darren à la façon d'un écureuil volant.

Benjamin rate son plaqué, mais il parvient

à saisir la cheville de Darren. Le costaud perd l'équilibre et s'effondre par terre comme une tonne de briques. La carte de Babe Ruth lui échappe.

Subitement, le Bambino s'envole, emporté par une grosse rafale de vent. Désemparée, l'équipe regarde l'objet de collection d'un million de dollars voltiger de plus en plus haut, tourbillonnant au gré des courants d'air. Le vent joue avec la carte pendant quelques secondes encore, puis la dépose parmi l'enchevêtrement de branches hautes d'un érable gigantesque.

Darren pousse un cri de frustration, se lève d'un bond et court vers l'arbre qu'il commence aussitôt à escalader comme un fou.

Griffin se tourne vers Pic.

— Oublie ça, dit-elle en lisant dans ses pensées. Pas avec ma cheville blessée. Et que je ne voie personne faire l'imbécile en essayant de grimper là-haut. C'est le meilleur moyen de se tuer et c'est probablement ce qui va se passer avec lui s'il continue. Darren, tu n'y arriveras jamais! crie-t-elle au garçon, les mains en coupe autour de la bouche.

— Si on prenait l'échelle? suggère Benjamin.

— Elle n'est pas assez grande, répond Pic. L'arbre est plus haut que la maison.

Griffin a l'impression de devenir fou.

— Cette carte vaut un million de dollars! Il doit bien y avoir un moyen de la récupérer!

— Tu peux toujours rêver, répond Savannah avec humeur. À moins d'avoir par miracle sous la main un outil qui peut s'élever à trente mètres dans les airs, ramasser un objet minuscule et le redescendre jusqu'ici en toute sécurité, c'est impossible.

En entendant ces paroles, Griffin Bing prend un air totalement ahuri qui surprend tout le monde.

25

Le lampadaire étant éteint, personne ne peut voir ce qui se passe dans la maison de S. Cromino, mais des bruits de pas et des éclats de voix se font entendre. Un drôle de brouhaha a lieu de l'autre côté de la rue.

— Ça parle au... s'exclame Eli Mulroney en bondissant sur ses pieds.

Logan est déconcerté. Les membres de l'équipe et lui ont révisé le plan de nombreuses fois et il n'a jamais été question de courir autour de la maison en criant. Pour une raison ou pour une autre, le plan a dû dérailler, mais Logan ne peut pas en parler.

— Je n'entends rien, déclare-t-il avec un visage neutre.

De toute évidence, sa tentative n'est pas convaincante, car le vieil homme se frappe le plat de la main du poing et s'écrie :

— Ça suffit! La qualité de vie décline dangereusement dans le voisinage. C'est rendu qu'on ne peut même plus passer un moment tranquille sur son perron! J'en ai assez. J'appelle la police!

Peu importe ce qui se déroule chez l'Escroc, Logan sait qu'il doit intervenir. En langage de théâtre, cela s'appelle un *ad libitum*. C'est ce qui se passe quand un comédien s'éloigne du texte et suit sa propre inspiration, au bénéfice du spectacle. C'est justement le temps de refaire une beauté à l'histoire.

Logan appuie fermement ses deux pieds à plat sur le perron et se propulse vers l'arrière de toutes ses forces. Sa chaise berçante bascule et passe par-dessus la balustrade, projetant le garçon en bas du perron. Il atterrit dans un buisson de genévrier.

— Sapristi! Logan, est-ce que ça va?

Le jeune comédien est plus que bien. Pendant que le vieil homme s'applique à badigeonner toutes les coupures et les égratignures de Logan de teinture d'iode, il ne songe pas à appeler la police.

Quelle prestation!

Griffin vient de sprinter sur plus d'un kilomètre, mais il ne ressent ni la douleur dans ses jambes ni le feu dans ses poumons.

Il avance vers sa maison presque aussi furtivement que lorsqu'il approchait de celle de l'Escroc. Ses parents pensent que Griffin est chez Benjamin en ce moment : les deux garçons font un blitz de travail sur un projet qu'ils préparent pour l'exposition scientifique.

Pour ouvrir la porte du garage de l'extérieur, Griffin doit entrer un code sur un clavier. Le mécanisme se met en branle et la porte monte lentement. Le bruit lui semble aussi assourdissant qu'un carambolage de vingt voitures, mais personne n'accourt pour savoir d'où vient le vacarme. Ses parents sont peut-être trop absorbés par une de leurs séances intense de budget pour remarquer quoi que ce soit.

Le garçon se débarrasse de la bombonne d'acétylène, entre dans le garage et pose le chalumeau par terre. La seule lumière est celle du lampadaire de la rue. Au fond du garage, l'obscurité est totale. Il butte contre le bord de l'établi de son père et retient son souffle tandis que des outils cliquètent avant de reprendre leur place. Quelques écrous ou boulons résonnent en tombant sur le plancher de béton.

Griffin cherche à tâtons dans le noir jusqu'à ce que sa main se referme sur la tige en aluminium. Le moment est venu pour le Ramasseur futé de faire ses preuves.

Choisissant la vitesse au détriment de la discrétion, il saute sur son vélo et file en direction de la maison de l'Escroc, l'objet en équilibre sur les genoux. Il traverse la ville en un temps record, passant près d'échapper l'invention de son père en tournant brusquement sur l'avenue Park Extension.

Il est difficile de voir quoi que ce soit dans la zone entourant le lampadaire éteint, mais il est très facile de percevoir la clameur des voix qui fusent. Griffin saute en bas de son vélo et court vers la scène, plissant les yeux pour ajuster sa vision à l'obscurité ambiante. Il pense avoir aperçu Darren à mi-hauteur du gros tronc d'arbre, mais non... la silhouette est trop petite pour que ce soit lui. C'est Pic qui grimpe avec précaution, en grimaçant de douleur à chaque mouvement de sa cheville blessée.

Il s'élance vers Benjamin. Comme les autres, le garçon a les yeux rivés sur le gros érable.

— Où est Darren?

Benjamin lui indique un point très haut et dit :

— C'est peut-être vrai, après tout, qu'il *est* à

moitié gorille.

Griffin est bouche bée. Pas étonnant qu'il n'ait pas remarqué Darren avant! Le garçon est à environ dix mètres du sol. Moins de deux mètres le séparent de la carte de Babe Ruth. Plus la branche à laquelle il est agrippé se balance au gré du vent, plus il s'approche du gros lot d'un million de dollars.

Savannah regarde le Ramasseur futé d'un œil sceptique.

— Tu choisis ton moment, toi, pour faire un voyage de pêche.

— C'est l'invention de mon père! Grâce à lui, on va récupérer la carte! Hé, pourquoi avez-vous laissé Pic grimper là-haut avec sa cheville blessée?

Le drame qui se déroule dans l'arbre a incité Melissa à sortir de sa coquille. Son visage est découvert en permanence et ne se cache plus derrière un rideau de cheveux. Ses yeux sont rivés sur les deux grimpeurs.

— Je ne crois pas que Pic a l'intention de récupérer la carte, dit-elle. Je pense qu'elle essaie plutôt de secourir Darren.

— Darren a l'air de se débrouiller très bien tout seul, fait remarquer Benjamin, l'air anxieux. Encore un mètre ou deux et il aura la carte.

Au même moment, Darren se tire plus avant

sur la branche qui ondule et tend la main vers la carte du Bambino. Ses doigts passent à quelques centimètres d'elle.

Griffin met le Ramasseur futé en marche et appuie sur le bouton. Avec un long bourdonnement, la tige télescopique en aluminium se déploie très haut au-dessus d'eux dans le ciel nocturne.

Ça marche! songe-t-il avec stupéfaction. Non pas qu'il doutait de son père, mais jamais il n'aurait imaginé que ce serait aussi impressionnant de voir l'objet en action. Plein de feuilles tourbillonnent dans l'air. Le vent secoue les arbres en tous sens. Le Ramasseur futé, lui, continue à s'élever bien droit parmi les branches de l'érable.

— Qu'est-ce qu… ?

Pic écarquille les yeux en voyant la tige métallique brillante passer près de son épaule en bourdonnant.

— Ouah! fait Benjamin. Ton vieux est un vrai génie!

Griffin se déplace doucement et tente d'aligner les pinces Sécurifruit du Ramasseur futé avec la carte. Chaque petit mouvement au sol se traduit par un grand balancement à l'autre bout de la longue tige. Les pinces tanguent dangereusement en approchant de la cime de l'arbre.

Darren réussit à avancer encore un peu sur sa branche. Il tend le bras et sent le bout de ses doigts frôler la carte. Il y est presque!

Au moment où il se prépare à effectuer le mouvement qui le rendra millionnaire, un anneau métallique surgit juste devant lui. L'objet s'ouvre en une pince aux extrémités recouvertes de caoutchouc. La pince se referme délicatement sur la carte de Babe Ruth et, avec un léger mouvement rotatif, la retire de la branche.

Darren écarquille les yeux, ébahi. *Quoi? Le... Le... Bidule nul?!*

Il essaie de s'emparer de la carte du Bambino, mais la tige a déjà commencé à se rétracter, entraînant l'objet de collection avec elle. Un faible craquement se fait alors entendre.

Oh, oh...

Tout en bas, l'équipe observe avec une grande tension le trésor qui entame sa descente.

— Fais attention de ne pas l'abîmer, dit Benjamin, crispé.

Griffin se cramponne au Ramasseur futé comme un pêcheur qui sortirait un requin de l'eau en pleine tempête.

— Ne t'inquiète pas. Le mécanisme breveté Sécurifruit est garanti. Il n'abîme pas les fruits.

— Cette carte n'est pas un fruit, fait remarquer Savannah. C'est à la fois les frais de scolarité de mon école vétérinaire, l'ordinateur de Melissa, les leçons de jeu de Logan et le voyage d'escalade de Pic. C'est aussi le collège déjà payé pour nous tous, des voitures neuves dès que nous aurons l'âge...

Melissa arbore un sourire tellement grand qu'il lui fend quasiment le visage en deux.

— Je n'arrive pas à le croire : on l'a fait pour vrai!

C'est alors qu'une voix leur parvient d'en haut :

— *À l'ai-ai-ai-aide!*

26

Toujours accroché — bien qu'inutilement — à la branche qui s'est détachée de l'arbre, Darren tombe. Impuissants, les autres jeunes le regardent plonger dans le vide. Soudain, à trois mètres au-dessus d'eux, la branche arrachée voit sa chute stoppée net. Elle plie violemment, puis se détend d'un coup sec. Darren pousse un cri. La branche et lui sont projetés droit vers la maison.

Clang!

La branche fracasse une fenêtre du rez-de-chaussée. En plus de faire voler la vitre en éclats, elle précipite le garçon à l'intérieur de la maison de l'Escroc comme s'il n'était qu'une vulgaire poupée de chiffon.

Un hurlement à rendre sourd éclate alors dans le voisinage : le système ZultraTech vient de se déclencher. Griffin lâche le Ramasseur futé et s'élance à toutes jambes vers la maison, à la suite de Benjamin, de Savannah et de Melissa. Pic saute

196

en bas de l'arbre et les rejoint en boitant.

Griffin sent un goût amer lui monter à la gorge. Il scrute l'intérieur de la maison et aperçoit Darren étendu parmi les débris de la fenêtre, immobile.

Oh, misère! Serait-il mort?

Au même moment, le grand gaillard se retourne, brandit un poing et se met à crier de rage. La vague de soulagement qui envahit alors Griffin manque de le faire tomber à la renverse. Jamais il n'aurait cru pouvoir ressentir autant de joie à se faire insulter par cet abruti.

Avec l'aide de Melissa, il hisse Darren par-dessus le rebord de la fenêtre. Mis à part ses vêtements déchirés, quelques coupures et égratignures, le traître est sain et sauf.

— Ça va? lui hurle Pic à l'oreille.

Voyant que Darren hoche la tête honteusement, elle prend son élan et lui donne un bon coup de poing dans l'estomac.

Logan surgit sur les lieux en beuglant comme un fou. Bien qu'il soit impossible d'entendre ses paroles à cause de la sirène, le sens de ses gestes est clair : le chaos dehors ne faisait pas partie du plan. Qu'est-ce qui a mal tourné?

— Tu étais censé rester avec M. Mulroney! s'écrie Griffin en l'attrapant par les épaules.

— Tu crois qu'il est resté sagement assis avec tout ce vacarme? réplique avec vigueur le comédien. Il est allé appeler la police, alors moi, j'ai décampé! Est-ce qu'on a la carte?

La carte! Le Ramasseur futé gît quelque part par terre, sur la pelouse, avec une carte valant un million de dollars entre les pinces.

Griffin retourne sur ses pas, balayant la pelouse d'un regard désespéré. Il ne voit rien dans l'obscurité.

Ça ne peut pas nous arriver... pas quand on est si près du but...

Soudain, un éclat métallique attire son regard. Le cœur battant, il s'empare de l'invention de son père. La carte du Bambino est toujours coincée dans la pince.

Le hurlement assourdissant de la sirène se tait abruptement. Après un bruit d'une telle intensité, le silence apparaît aussi fracassant que l'explosion d'une bombe. Le calme inattendu révèle alors deux sons : les sirènes des voitures de police qui retentissent au loin et les jappements d'un chien de garde, ou plutôt... de deux chiens de garde.

— *Code Z!* beugle Griffin.

Il y a toujours un code Z dans les plans de Griffin : c'est le moment où l'opération est soit terminée, soit fichue, ou encore les deux à la fois, et où il ne reste plus qu'une chose à faire : décamper au plus vite.

L'équipe se disperse.

— Hé! s'écrie Darren. Quelqu'un doit m'aider pour l'échelle!

— Tu peux toujours rêver! se moque Pic qui avance rapidement même en boitant, signe que sa cheville va un peu mieux.

Darren se précipite sur le côté de la maison. Il empoigne l'échelle de huit mètres et tente de l'éloigner du mur, mais le haut bascule et le garçon est forcé de courir se mettre à l'abri, tandis que l'échelle s'écrase sur la pelouse avec fracas. Haletant, il entreprend de plier les quatre sections de l'échelle et de les enclencher les unes aux autres, mais la deuxième section est coincée.

— Allez! supplie Darren en essayant frénétiquement de la dégager.

Sur un coup de tête, il décide de courir à la suite des autres.

— Attendez-moi!

Si les deux chiens trouvent la fenêtre fracassée, Darren a peu de chances de leur échapper, surtout s'il trimballe une échelle sur son dos. Sans compter qu'il risque d'avoir l'air plutôt suspect s'il croise les policiers en route pour enquêter sur une entrée par infraction en passant par le toit. Il n'y a rien de gratuit en ce bas monde et le coût de l'opération de ce soir est celui d'une échelle. Il trouvera bien le moyen d'expliquer sa disparition à ses parents… même si pour cela, il doit leur dire que Griffin Bing l'a volée.

Griffin fourre la carte dans sa poche. Benjamin et lui se ruent sur leurs vélos.

— Tiens ça! ordonne Griffin en tendant le Ramasseur futé à Benjamin. Et tâche de rester éveillé cette fois!

Ils filent côte à côte sur l'avenue Park Extension, puis tournent brusquement sur une petite rue pour éviter une voiture de police qui approche.

— Et si l'Escroc devine que c'est nous les coupables? demande Benjamin avec angoisse. La police va nous retracer et trouver la carte!

Griffin pédale jusqu'à une boîte aux lettres et s'arrête.

— J'y ai pensé.

Il plonge la main sous sa chemise et en sort une enveloppe déjà adressée et affranchie. Il y place la carte du Bambino, colle le rabat et la glisse dans la fente.

— Tu l'as postée? s'écrie Benjamin, les yeux exorbités. À qui?

— Je préfère que tu ne le saches pas.

Ils enfourchent leurs vélos et pédalent jusque chez Benjamin. Benjamin descend de selle et tend le Ramasseur futé à son ami.

— J'ai toujours eu beaucoup de respect pour toi, mon vieux, déclare-t-il d'un ton solennel, mais je ne pensais pas qu'on avait la moindre chance de réussir ce qu'on a fait ce soir!

— Quand on a le bon plan, lui répond Griffin, on a tout ce qu'il faut pour réussir.

Un sourire apparaît sur ses lèvres à la pensée de l'opération réussie. En pédalant vers chez lui, il s'accorde un moment pour se féliciter. C'est vrai qu'il y a eu quelques pépins : la blessure de Pic, la sieste de Benjamin, le coffre-fort vide, le deuxième chien, le messager à la porte et, surtout, la trahison de Darren. Mais l'équipe a su improviser, contourner et surmonter les ennuis. Après tout, l'équipe fait partie du plan. Et ce plan était le summum de tous les plans.

En tournant le coin de sa rue, Griffin est brusquement pris de panique. Son cœur veut sortir de sa poitrine. Des lumières colorées dansent sur la façade de sa maison. Une voiture de police est garée dans l'entrée, tous feux allumés.

27

Griffin est stupéfait. Comment les policiers peuvent-ils être déjà ici? L'équipe a fui les lieux avant même qu'aucun policier ne soit arrivé à la maison de S. Cromino pour vérifier ce qui a pu déclencher le système d'alarme. Quant à l'Escroc, il devrait être encore à la partie de hockey...

Pendant une fraction de seconde, Griffin songe à faire demi-tour et à fuir. Quelle idée folle! Devenir un fuyard, lui? Passer toute sa vie en cavale, condamné à ne jamais revoir ni sa famille ni ses amis? Non, il n'a pas le choix : il doit affronter la situation et espérer s'en tirer pour le mieux. Au moins, il n'a pas la carte sur lui. Et sans la carte, la police ne peut rien prouver.

Il cache ses gants et son bonnet dans un buisson puis, s'armant de courage, il pédale vers chez lui.

— Hé! *Hééé!*

Deux policiers en uniforme traversent la pelouse en courant. Une troisième personne les suit juste derrière. C'est son père.

Griffin n'a pas le temps de mettre pied à terre que déjà, le plus costaud des deux policiers le saisit à bras-le-corps et le soulève de son vélo. Son partenaire lui arrache le Ramasseur futé des mains et le brandit à M. Bing.

— Monsieur, est-ce que c'est le prototype qu'on a volé dans votre garage?

Volé? Subitement, Griffin comprend tout. Cela n'a rien à voir avec le cambriolage! Son père a dû aller dans le garage pour vérifier d'où venaient les bruits qu'il avait entendus. En constatant que son invention avait disparu, il a appelé la police.

M. Bing semble aussi surpris qu'ennuyé.

— Je suis désolé, messieurs. Je crois que je vous ai fait perdre votre temps. Je vous présente mon fils.

Puis il demande à Griffin :

— Qu'est-ce que tu faisais avec mon prototype?

Griffin est tellement soulagé de ne pas être soupçonné pour le cambriolage de la carte de baseball qu'il a du mal à se composer un visage de fils honteux.

— Ben voulait voir comment il fonctionnait. On s'est juste amusés à ramasser des pommes de pin dans les arbres.

— Vous n'étiez pas dans le coin de l'avenue Park Extension, par hasard? demande l'officier supérieur. On nous a rapporté des actes de vandalisme dans le secteur. Une fenêtre fracassée, un système d'alarme déclenché.

— Non, intervient M. Bing en s'avançant. La maison de son ami n'est pas du tout dans ce coin-là. Tout ça est ma faute. Veuillez m'excuser de vous avoir fait venir ici.

Tandis que les policiers remontent en voiture et quittent les lieux, Griffin, l'air piteux, croise le regard désapprobateur de son père.

M. Bing remet l'invention à sa place, dans le garage.

— Tu as bien failli me faire mourir, dit-il enfin. Quand je suis entré dans le garage et que j'ai vu que le prototype avait disparu, j'ai manqué perdre la tête. Cette invention, c'est mon bébé. J'ai sué sang et eau pour elle... sans compter que j'y ai englouti toutes nos économies.

— Désolé, papa, dit Griffin en fixant ses chaussures.

En réalité, ce qu'il aimerait lui dire, c'est : *On va*

bientôt avoir assez d'argent pour que tu puisses développer ton invention... et on n'aura plus besoin de vendre la maison.

— À quoi as-tu pensé? Si Benjamin et toi vous vouliez une démonstration, vous n'aviez qu'à me le demander.

L'ombre d'un sourire passe sur ses lèvres lorsqu'il ajoute :

— Et alors? Comment tu l'as trouvé mon prototype? Il était à la hauteur de tes attentes?

Comme si c'était la séquence d'un film, Griffin revoit la tige télescopique défier la gravité et s'emparer de la carte juste à temps pour empêcher Darren de le faire.

— Oh, papa ! s'exclame-t-il dans un élan de sincérité. J'étais à des années-lumière de me douter qu'un Ramasseur futé pouvait être aussi pratique!

Le message-texte arrive à la moitié de la deuxième période du match opposant les Rangers aux Maple Leafs :

ALERTE COURRIEL DES SYSTÈMES DE SÉCURITÉ ZULTRATECH
HEURE DE L'ALERTE : 20 H 47
DESTINATAIRE : CROMINO, SERGIO
UN SIGNAL D'ALARME NOUS EST

**PARVENU DE L'ADRESSE SUIVANTE :
531, AVENUE PARK EXTENSION,
CEDARVILLE, N. Y.
LA CENTRALE DE ZULTRATECH
A RAPPORTÉ L'INCIDENT
À LA POLICE.**

Jamais on n'a vu une Honda Element rouler aussi vite sur les autoroutes entourant la ville de New York. Tricotant à gauche et à droite parmi le trafic, Sergio Cromino file vers l'est, en direction de la sortie pour Cedarville. Il roule encore à au moins cent kilomètres à l'heure lorsqu'il immobilise enfin son auto dans un grand crissement de pneus, à quelques centimètres seulement de la voiture de police garée dans son entrée.

Le commerçant est déjà à bout de souffle lorsqu'il gravit les marches de son perron et qu'il pose ses yeux comme des œufs au miroir sur la policière en poste devant sa porte.

— Vous êtes le propriétaire?

Sergio Cromino se contente de hocher la tête, hors d'haleine, incapable de parler.

— Il y a eu un cambriolage, l'informe la policière. Ils sont entrés par le toit, en se servant du puits de lumière de la salle de bain. Ils semblent avoir trouvé ce qu'ils cherchaient. Votre coffre-fort a été percé, probablement à l'aide d'un chalumeau.

— Je me fiche du coffre-fort! s'emporte Sergio Cromino. Est-ce qu'ils ont touché à ma dinde?

— À votre *dinde?*

Angoissé, le commerçant s'empresse d'entrer chez lui, bousculant la policière au passage. Il se précipite tout droit dans la cuisine. Une scène d'horreur l'y attend. Un squelette d'un kilo à peine : c'est tout ce qu'il reste de sa dinde de dix kilos. Luthor et le berger allemand sont couchés côte à côte sur le carrelage. L'estomac trop plein de viande glacée, ils lèvent doucement la tête et grognent légèrement.

— On a trouvé un suspect caché dans le sous-sol, reprend la policière, un certain Lamar Fontaine. Il ne semble pas lié au crime. Sa carte d'identité mentionne qu'il travaille pour une société de commissaires-priseurs. On pense qu'il est arrivé sur les lieux pendant le cambriolage et que les chiens l'ont forcé à se réfugier au sous-sol. Il est plutôt ébranlé.

— Et les *véritables* voleurs? gémit M. Cromino. Pourquoi les chiens ne les ont pas attaqués, *eux?*

— Aucune idée. Ils ont probablement distrait les chiens avec la dinde.

S. Cromino sait que la vérité est encore plus terrible. Il lui suffit de regarder entre les côtes de la dinde pour constater que la cavité abdominale est vide. Sur le comptoir, il aperçoit le sac qui gardait la carte propre et sèche à l'intérieur du volatile surgelé.

Le Bambino, lui, s'est volatilisé.

28

DES VOLEURS S'EMPARENT DE LA CARTE À 1 000 000 $ LA VEILLE DE LA VENTE AUX ENCHÈRES

Une carte de baseball datant de 1920 et évaluée à un million de dollars a disparu de la maison de son propriétaire hier soir, lors d'un vol considéré comme le plus spectaculaire de toute l'histoire des objets de collection de sport. Munis de harnais d'escalade, les cambrioleurs se sont introduits dans la maison par un puits de lumière et y ont volé la carte rarissime montrant le cogneur Babe Ruth dans l'uniforme des Red Sox de Boston durant sa première saison avec les Yankees.

L'audacieux cambriolage s'est déroulé sous le museau de deux chiens de garde et d'un messager autorisé envoyé par la société de commissaires-priseurs Worthington, l'entreprise chargée de la vente aux enchères de la carte, laquelle devait avoir lieu à peine douze heures plus tard. La police mène son enquête. Elle détient plusieurs indices, incluant les harnais et une échelle démontable trouvés sur les lieux...

Tous les yeux sont maintenant tournés vers la paisible municipalité de Cedarville. Les unités mobiles des bulletins de nouvelles télévisés patrouillent la ville à la recherche de l'avenue Park Extension et du magasin Au royaume du collectionneur. Une flotte de camions équipés de soucoupes satellites est stationnée devant l'hôpital où Sergio Cromino a été admis, victime d'une crise de nerfs.

— Je ne m'attendais pas à autant de publicité, s'inquiète Benjamin, le vendredi à l'école. Chaque fois qu'on allume la télé, on voit l'Escroc qui s'arrache les cheveux et qui gémit.

— Voyons, sois réaliste : il y a un million de dollars en jeu, réplique Darren. Moi ce que je veux savoir, c'est combien de temps encore on doit se taire avant de vendre la carte et d'empocher notre argent.

— *Notre* argent? répète Pic, indignée. Tu as essayé de nous rouler. Je ne vois pas pourquoi tu devrais toucher un seul sou.

— Parce que je peux tous vous livrer à la police, lâche Darren d'un ton suffisant. Que ça vous plaise ou non, on est tous dans le même bateau.

Griffin déteste l'idée de voir Darren profiter de sa trahison, mais il doit reconnaître que son ennemi a un argument de poids. Ils sont tous *ensemble* dans le même bateau. Toute la journée, les apprentis cambrioleurs restent soudés les uns aux autres. On dirait les victimes d'un naufrage voguant à la dérive dans un petit canot de sauvetage.

Quand Benjamin descend à l'infirmerie pour « soigner ses allergies », il fait exprès de passer près du centre médiatique afin de jeter un coup d'œil au téléviseur.

— On est passés à CNN, rapporte-t-il après sa sieste. Le son était coupé, mais j'ai lu dans les dépêches qui défilaient qu'ils qualifient le vol de « travail de professionnel ».

— Hum, ça pourrait être une bonne nouvelle, se réjouit Griffin avec prudence. S'ils pensent que c'est du travail de professionnel, ils ne soupçonneront probablement pas des jeunes.

— Hé! Venez voir! lance Savannah d'une voix étranglée.

Le reste de l'équipe la rejoint à la fenêtre. Deux voitures de police se garent dans l'allée en demi-cercle devant l'école.

Melissa cache ses yeux affolés derrière le rideau de ses cheveux.

— Il y a peut-être une conférence sur la sécurité aujourd'hui, propose Logan d'une voix remplie d'espoir.

Comme Griffin aimerait que ce soit vrai!

Quelques minutes plus tard, une voix résonne dans l'interphone :

— *On demande Darren Vader au secrétariat, s'il vous plaît. Darren Vader au secrétariat. Merci.*

Le cœur serré, Griffin tente de se convaincre qu'un abruti comme Darren a un million de raisons d'avoir des ennuis, mais au fond de lui, il sait bien que c'est à cause de l'échelle.

Pourquoi l'avons-nous donc laissée sur les lieux du crime?

Sur le coup, le problème avait semblé être celui de Darren et de lui seul. Il comprend à présent qu'un seul membre de l'équipe suffit pour mener la police à l'équipe entière.

Griffin, angoissé, attend le retour en classe de Darren. Mais Darren ne revient pas. Savannah leur confirme la nouvelle d'un regard paniqué. De sa place près de la fenêtre, elle a une vue parfaite sur la scène : les parents de Darren le ramènent à la maison.

— *On demande Antonia Benson au secrétariat, s'il vous plaît. Antonia Benson. Merci.*

— Qu'est-ce qui se passe avec notre classe

aujourd'hui? plaisante M. Martinez. Avez-vous dévalisé une banque, les enfants?

Voyant la peur assombrir le visage blême de Pic lorsque celle-ci sort de la classe en boitant, il ajoute :

— Je plaisantais, bien sûr.

Griffin a une vision d'horreur : un paquet de cordes d'escalade nouées à un tuyau d'évent, gisant en tas sur le plancher de la salle de bain de l'Escroc. Tout le monde à Cedarville connaît la passion des Benson pour l'escalade. Bien sûr, la police a fait le lien.

Est-ce que le « crime » parfait serait en train de se dénouer sous leurs yeux?

Comme Darren, Pic ne revient pas en classe. Les autres membres de l'équipe passent le reste de la journée dans un état de découragement avancé, à se demander lequel d'entre eux sera le prochain à être appelé. Mais l'interphone reste silencieux jusqu'à la sonnerie de quinze heures trente annonçant la fin de la journée.

Après l'école, Griffin tente de calmer ses amis de son mieux.

— Je reconnais que tout semble être contre nous, mais la dernière chose à faire, c'est de paniquer. N'oubliez pas que, pour le moment, nous ne savons rien de ce qui se passe.

Aucun murmure de reproche n'accueille la déclaration, ce qui montre bien à quel point les jeunes sont terrifiés. Pour le moment, il n'y a rien d'autre à faire que d'espérer.

Sur le chemin du retour cependant, Benjamin ne peut s'empêcher de parler.

— Est-ce que c'est très grave, Griffin? Enfin, je veux dire : est-ce qu'on va avoir de gros ennuis si les policiers découvrent la vérité?

— Impossible à dire, répond sobrement Griffin. D'un côté, on est jeunes. De l'autre, entrer par effraction dans une maison est bel et bien un crime. Et puis, l'objet qu'on a pris vaut une fortune. Je n'aime pas toute l'attention médiatique que ce vol suscite.

Leurs routes se séparent. Griffin continue vers chez lui en se traînant les pieds, pas du tout pressé d'arriver. Il est sincèrement surpris de ne pas trouver la moitié des forces policières postées devant sa maison.

— Comment ça a été à l'école aujourd'hui? lui demande sa mère en l'accueillant.

Il jette un coup d'œil derrière elle. Il n'y a pas une armée de policiers en train de fouiller la maison pour trouver l'objet de collection disparu.

— Oh, comme d'hab, comme d'hab…

Il espère très fort que la situation reste la même. Pas de nouvelles, bonnes nouvelles.

Il s'installe pour faire ses devoirs, mais n'arrive même pas à ouvrir ses cahiers. Il se sentirait trop comme cet empereur romain qui rêvassait en contemplant sa ville en flammes. Quatre heures. Tout va bien. Quatre heures trente. Toujours rien. Serait-il possible qu'ils s'en tirent sans conséquence?

Griffin est tellement tendu qu'il manque de heurter le plafond lorsque la sonnerie du téléphone retentit.

C'est Pic.

— Je ne suis pas censée te parler. Écoute… je t'ai dénoncé.

Oh, non! songe Griffin. *Oh, non! Oh, non!*

— Je suis vraiment, vraiment désolée. Mes parents m'ont forcée à le faire. Et je suis pas mal certaine que Darren a fait la même chose.

Oh, non, non, non!!

Malgré la panique totale qui s'empare de lui, Griffin sent quand même poindre un étrange sentiment de soulagement, le genre de soulagement terrible qu'un soldat doit ressentir lorsque l'attente cesse enfin et que le combat commence. Au moins maintenant, il ne gaspillera plus son énergie à souhaiter que des miracles se produisent.

— Ne t'en fais pas, Pic, grommelle-t-il bravement. Merci de m'avoir prévenu.

Par la fenêtre de sa chambre, Griffin aperçoit plusieurs voitures de police tourner le coin de sa rue. Il y a bien peu de chances pour qu'elles se dirigent ailleurs que chez lui.

La fête est finie.

29

TRUCS PRATIQUES LORS D'UN
INTERROGATOIRE DE POLICE

S'en tenir MORDICUS à ces TROIS RÉPONSES :

(i) JE N'AI PAS VOLÉ LA CARTE. On ne peut pas voler quelque chose qui nous appartient.

(ii) JE N'AI PAS LA CARTE. Une fouille approfondie de la maison confirmera que c'est bien la vérité.

(iii) J'IGNORE OÙ EST LA CARTE. C'est également vrai. Il m'est impossible de dire si la carte se trouve toujours dans la boîte aux lettres, au bureau de poste ou en route vers sa destination.

Ce plan, Griffin ne l'a jamais mis sur papier, mais il est très présent à son esprit lorsque la police vient l'interroger à propos de l'affaire de la carte de Babe Ruth volée.

La rencontre ne se déroule pas comme dans les émissions policières à la télé. Pas de menottes, pas de lumières aveuglantes, pas de miroirs sans tain. En fait, ils ne le conduisent même pas au poste de police. L'interrogatoire a lieu dans le salon des Bing. Griffin est assis sur le canapé, entouré de ses parents.

Le sergent-détective Vizzini est poli, mais il est clair qu'il va bientôt perdre patience.

— Peut-être que pour toi, une carte de baseball n'est rien d'autre qu'un petit objet amusant à collectionner, à échanger et à projeter contre un mur de briques d'une chiquenaude. Mais pas celle-ci. Celle-ci vaut plus qu'une maison. En ce moment, à New York, une importante vente aux enchères est un échec total parce que cette carte a été volée et qu'elle était l'attraction majeure de l'événement.

— Je n'ai rien volé, répète obstinément Griffin.

— Ce n'est pas ce que dit Darren Vader. Ce n'est pas ce que dit Mlle Benson non plus. Deux de mes officiers étaient ici hier soir. Ils t'ont vu arriver avec le bidule de ton père. Le moment concorderait parfaitement. J'ai trop d'expérience pour croire encore aux coïncidences.

Le père de Griffin intervient.

— Griffin, si tu sais quelque chose à propos de cette affaire, tu dois le dire au sergent immédiatement.

— Je n'ai rien à dire, maintient Griffin en tâchant de contrôler sa voix. Dix policiers sont en train de mettre la maison sens dessus dessous. S'il y avait une carte de baseball cachée ici, ils l'auraient déjà trouvée à l'heure qu'il est, non?

— Dans ce cas, éclaire ma lanterne, reprend M. Vizzini. La carte n'est pas dans ton pupitre ni dans ton casier à l'école, et elle ne semble pas être ici. Qu'est-ce que tu en as fait?

— J'ignore où elle est.

— Es-tu en train de nier que tu étais au 531, avenue Park Extension hier soir? demande-t-il en fronçant les sourcils.

— Je n'ai rien fait de mal, affirme Griffin avec fermeté. Ni volé la carte, ni menti à son sujet.

Le sergent-détective prend le temps de digérer ses paroles. Quand il ouvre la bouche à nouveau, il s'adresse aux parents de Griffin :

— Je vais vous donner du temps pour discuter avec votre fils. Je vous fais remarquer que je n'ai pas utilisé de mots comme arrestation, procès ou détention juvénile. Pas encore.

— Griffin a-t-il besoin d'un avocat? demande M. Bing avec un regard inquiet.

— Eh bien, cela dépendra de vous. Pensez un instant à ce que S. Cromino a perdu. Si vous étiez à sa place, seriez-vous portés à dire « Pas de chance! » et à laisser tomber l'affaire? Je ne crois pas, conclut-il en se levant. Tant que l'affaire n'est pas réglée, Griffin ne peut pas quitter Cedarville. Il peut aller à l'école, mais c'est le plus loin qu'il puisse aller. Sinon, on commencera assurément à utiliser des mots comme *arrestation*.

Laissant planer sa menace comme un nuage de fumée toxique, le sergent-détective Vizzini rassemble son équipe et quitte la maison.

— Maintenant Griffin, déclare son père tandis que les voitures de police s'éloignent, je veux que tu me racontes toute l'histoire.

Griffin sait qu'il doit dire la vérité à ses parents… et pas seulement parce qu'il ne peut pas échapper à leur interrogatoire. La police a envahi leur demeure, fouillé dans leurs affaires, menacé d'emprisonner leur fils. À présent, ils sont montés à bord du bateau, eux aussi.

Le garçon choisit d'y aller franchement.

— Vous vous souvenez de cette soirée chez Stan Winter? Eh bien, elle n'a jamais eu lieu. À la place, Ben et moi avons passé la nuit dans la vieille maison Rockford, la veille de sa démolition...

Ses parents l'écoutent, les yeux écarquillés. Ils sont impressionnés et surpris par le récit détaillé de leur fils : comment il a découvert la carte de Babe Ruth et comment l'Escroc s'est mérité son surnom en arnaquant Griffin pour qu'il lui vende la carte à un prix ridicule. Le garçon leur raconte tout, depuis le cambriolage infructueux au magasin, la formation de l'équipe et les préparatifs du cambriolage, jusqu'à l'assaut final au 531, avenue Park Extension.

— Mais où est la carte maintenant? lui demande son père. Où l'as-tu cachée? La moitié du service de police la cherche et ne la trouve pas...

— Elle est en lieu sûr, le rassure Griffin. Je ne mentais pas en disant à l'officier Vizzini que j'ignore où elle se trouve. Je sais cependant que je serai capable de la retrouver le moment venu.

— Le moment, c'est maintenant! explose sa mère. Je n'arrive pas à croire cette histoire! Est-ce qu'on t'aurait, d'une manière ou d'une autre, fait croire qu'il est acceptable de voler?

— Bien sûr que non! s'exclame Griffin. C'est

221

d'ailleurs pour ça que j'ai agi… L'Escroc m'a volé ma carte et je n'acceptais pas qu'il s'en tire sans conséquence. Pense un peu à la valeur de la carte!

— Je me fiche de sa valeur! réplique-t-elle en colère. Ton avenir vaut bien plus! Maintenant, arrête de jouer et donne à la police ce qu'elle veut!

M. Bing tente de se montrer raisonnable.

— J'ai une idée. On rend la carte à la police pour te tirer d'affaire, puis on embauche un avocat et on poursuit ce Cromino en cour.

— Sois réaliste, papa. Tu sais très bien qu'on ne peut pas se payer un avocat. C'est d'ailleurs comme ça que toute l'affaire a commencé : je voulais qu'on ait assez d'argent pour ne pas être obligés de vendre la maison.

Un lourd silence s'installe.

— Voyons! Il y a une pancarte à vendre devant la maison. Vous pensez que je ne suis pas assez intelligent pour comprendre ce qu'elle fait là?

Quand M. Bing reprend la parole, son visage est terne, presque gris.

— C'est vrai qu'on a des soucis financiers, mais ta mère et moi, on a tout fait pour que tu ne souffres pas de la situation.

— Ne vous reprochez rien. On ne *devrait* même pas avoir de soucis financiers. La carte nous

222

appartient!

Mme Bing a pratiquement les larmes aux yeux.

— Oh, Griffin! Comment as-tu pu te mettre dans un pétrin pareil?

Durant tout le processus de planification et toute l'exécution du cambriolage, Griffin n'a pas ressenti le moindre regret. Maintenant qu'il voit la peine de ses parents, il se sent horriblement mal de leur causer des ennuis supplémentaires.

Plus tard, il s'assoit dans la pénombre de sa chambre et tente d'oublier la discussion que ses parents ont au rez-de-chaussée. Pour une fois, ils ne discutent pas d'argent. Ils se demandent quoi faire de leur fils le cambrioleur.

Il prend conscience d'une chose pour la toute première fois : il a mis au point l'opération avec l'adresse d'un grand maître d'échecs, mais il n'a presque pas pensé à ce qui se passerait une fois qu'il aurait récupéré la carte du Bambino. Croyait-il que l'Escroc allait abandonner la partie facilement? Et que la police allait oublier toute l'affaire après être rentrée bredouille de sa première fouille? En plus, il n'a pas pensé une seconde à ses parents, comme si ceux-ci n'avaient aucune chance de remarquer que des choses inhabituelles se passaient.

Serait-il fou ou juste stupide? Chose certaine, il

ne mérite absolument plus son surnom de l'Homme au Plan.

La voix de sa mère lui parvient jusqu'à l'étage.

— On doit l'obliger à remettre la carte! C'est notre devoir de parents de faire en sorte qu'il ne gâche pas sa vie! Il n'a que onze ans, après tout!

Les propos de son mari sont plus calmes, mais empreints de désespoir.

— On peut lui ordonner de le faire, on peut lui crier après, on peut le priver de sortie et l'enfermer dans sa chambre, mais s'il refuse d'obéir, on ne peut absolument rien y faire.

Sur le coup, Griffin est surpris, mais il comprend vite que son père a raison. Même si plusieurs adultes sont impliqués dans l'affaire, lui seul peut mettre la main sur la carte du Bambino. Et personne ne peut rien y faire, ni ses parents, ni l'Escroc, ni la société de vente aux enchères, ni la police, ni même le président des États-Unis.

Cette pensée aurait dû procurer un sentiment de puissance à Griffin, mais au lieu de cela, le garçon se sent piégé… et très seul.

Quand Benjamin lui téléphone samedi matin, Griffin craint de trop parler. Qui sait, la police a peut-être mis leur ligne téléphonique sur écoute?

— Alors, euh, Ben... Est-ce que quelque chose d'inhabituel est arrivé hier? Avez-vous eu de la *visite* à la maison?

— Ah, ouais, répond Benjamin avec nervosité. Je crois qu'on en a tous eu... de la visite. Ils ont beaucoup parlé de toi. Les visiteurs, j'entends. Est-ce que ça va?

— Ouais, genre. Pour l'instant. Et toi?

— Je suis encore à moitié sourd d'une oreille à cause des hurlements de ma mère.

Il fait une pause, un peu mal à l'aise, puis demande :

— Et la pomme?

Griffin répond par un long silence.

— De quoi parles-tu? lâche-t-il enfin.

Il meurt d'envie de lui dire : *Tout va bien. Elle est encore cachée. En sécurité.* Mais il ne peut absolument pas prendre la chance de parler de la carte maintenant. En ce moment, c'est probablement l'objet le plus convoité de toute la grande région de New York.

— Oh… ouais. Je comprends, bafouille Benjamin. As-tu vu les journaux? Ils parlent beaucoup de ce qui s'est passé, mais ne mentionnent aucun nom. C'est une bonne nouvelle, non?

— Je ne peux plus différencier une bonne nouvelle d'une mauvaise, soupire Griffin.

La seule bonne nouvelle, c'est de ne pas avoir été arrêté. Il s'attend à ce que cela se produise à tout moment. Il entend une sirène de police dans chaque bruit de la maison : le ronronnement de l'ordinateur au démarrage, le bourdonnement du four à micro-ondes, le moteur du réfrigérateur. Il passe la fin de semaine dans un état de terreur constante. Il ne dort plus que cinq ou dix minutes à la fois.

Il est véritablement étonné d'être encore libre le lundi matin quand l'école recommence. Il lui faut un courage héroïque pour montrer son nez dans les corridors mais, à sa grande surprise et à son grand soulagement aussi, les yeux ne se tournent pas instantanément vers lui. Bien sûr, tout le monde parle du cambriolage à Cedarville, mais personne ne semble connaître l'identité des principaux suspects. C'est peut-être normal après tout. N'est-ce pas typique des adultes d'être incapables d'imaginer que des jeunes puissent organiser une opération aussi élaborée?

Tous les autres membres de l'équipe (Pic, Savannah, Melissa, Logan et Darren) se tiennent à l'écart. Chacun sait que l'heure est grave.

— Leurs parents ont dû leur interdire de te fréquenter, avance Benjamin. C'est mon cas, d'ailleurs. C'est la première chose que ma mère m'a criée. Plutôt stupide, non? Enfin, la police nous connaît déjà.

— Ne t'inquiète pas. Je vais prendre tout le blâme sur moi. C'était mon plan, c'est mon problème, déclare Griffin en regardant autour de lui d'un air inquiet. À dire vrai, je ne comprends pas que les policiers ne soient toujours pas venus m'arrêter.

— As-tu lu l'article dans le journal de dimanche? On y accuse quasiment l'Escroc d'avoir arnaqué quelqu'un pour s'emparer de la carte le premier. Le pays tout entier va découvrir quelle véritable

227

crapule il est.

Griffin se crispe.

— Ça signifie que l'un de nous a trop parlé. Darren, probablement. Répondre à quelques questions, c'est une chose, mais décrire l'opération dans ses moindres détails, c'en est une autre. Dans l'article, on décrit aussi longuement comment le Ramasseur futé a saisi la carte de l'arbre de l'Escroc. N'importe qui peut consulter le bureau des brevets et découvrir qu'il s'agit de l'invention de mon père. Cela pourrait les mener jusqu'à moi. Je suis cuit!

C'est justement ce qui est le plus surprenant : il n'est pas cuit. Même si l'imagination déchaînée de Griffin lui fait voir un policier derrière chaque poteau de téléphone, le sergent-détective Vizzini n'est pas revenu le chercher. Ni ce jour-là, ni mardi, ni même mercredi. Les gens parlent encore beaucoup de la carte de baseball disparue, mais la Terre continue de tourner.

Même Sergio Cromino a reçu son congé de l'hôpital et est retourné derrière le comptoir de son magasin. Les clients y sont rares. Une rumeur voulant que le commerçant ne soit pas digne de confiance circule en ville.

Griffin chérit cette rumeur. C'est peut-être une

goutte d'eau dans l'océan, mais à ses yeux, c'est un juste retour des choses.

Est-ce que cela signifie que la pression commence à se relâcher un peu? Est-ce fou de penser une telle chose? Les parents de Griffin ont même permis à Benjamin de venir quelques heures à la maison, afin que les garçons puissent faire avancer leur projet de sciences. Enfin, sa mère lui a permis. Son père, lui, se fait plutôt rare ces derniers jours. Griffin ne peut s'empêcher de penser que son père évite de le blâmer ou de lui exprimer sa colère à propos de l'affaire. Cela le rend affreusement triste.

— As-tu remarqué que les autres membres de l'équipe me parlent à l'école? murmure Benjamin pendant leur recherche. Ils me demandent ce qui se passe avec la... enfin, tu sais, avec la pomme.

— Dis-leur de tenir bon, lui conseille Griffin. L'affaire n'est pas encore finie.

— Tu veux dire que tu l'as?

— Je sais où aller la chercher, répond Griffin avec un air mystérieux.

Benjamin ne peut s'empêcher de poser la question.

— À qui l'as-tu postée, Griffin? Qui la garde pour nous?

— Ce n'est pas une bonne idée que tu le saches.

229

Il n'y a aucune méfiance dans les yeux de Benjamin. C'est là toute la force de leur amitié. Benjamin fait entièrement confiance à Griffin. Il a foi en l'Homme au Plan.

— Quand penses-tu pouvoir passer à l'action en toute sécurité? Ça fait presque une semaine maintenant. Combien de temps on doit attendre encore?

C'est la question à un million de dollars. La voie semble libre. Mais l'est-elle vraiment? Ce n'est pas parce que six jours ont passé que le cambriolage n'a pas eu lieu. Et ce n'est pas parce que le public sait que l'Escroc mérite ce qui lui arrive que la carte n'a pas été volée à son domicile.

Et puis… où est la police? Pas chez les Bing. Ni à l'école. Griffin n'arrive pas à se défaire de l'impression qu'on l'épie, mais ce n'est peut-être qu'une impression… Les faits laissent suggérer que les policiers s'occupent maintenant d'un autre dossier. Le vol d'une carte de baseball ne fait pas cesser subitement les autres crimes. Ils ont de nouveaux cas sur les bras, des lois à faire respecter et du travail de policier à effectuer.

Du moins, je l'espère.

D'une part, Griffin sait que plus il attend, plus il a de chances de réussir. D'autre part, il sait aussi que plus la carte reste longtemps là-bas, plus il risque de lui arriver malheur.

Il a beau analyser la situation sous tous les angles, la réponse demeure la même.

Le bon moment, c'est maintenant.

31

Trois heures du matin.

Un individu vêtu de noir ouvre la porte arrière de la maison des Bing et sort sur la terrasse. En prenant soin de rester dans l'ombre, il se fraie un chemin vers le bout de la rue en passant par les cours, en sautant les clôtures et en se faufilant au travers des haies. Une fois à l'intersection, il s'offre le luxe de marcher sur le trottoir, mais évite soigneusement les lampadaires.

Les fenêtres sont sombres et les rues désertes. Il l'aperçoit à présent, à quelques centaines de mètres plus loin sur l'avenue. L'objet se détache de l'obscurité. Chaque jour en allant à l'école, il est passé devant en se faisant un devoir de ne pas le regarder. Pas encore. Pas sous les regards curieux de la police. Mais cette nuit, personne ne le regarde.

Il n'y a que lui, Griffin Bing, et — il l'espère —
George Herman « Babe » Ruth.

Les débris de la vieille maison Rockford ont été
enlevés, mais sa fondation en pierre est toujours là.
Sous le clair de lune, le gris blanchâtre étincelant
de la pierre tranche avec la nuit. Près du trottoir, la
boîte aux lettres continue à rouiller sur son poteau.
C'est le seul élément de la demeure qui a échappé
au boulet de démolition.

Griffin remarque que sa main tremble lorsqu'il
la tend vers la petite porte.

Et si elle n'était pas là?

Et si un facteur particulièrement perspicace
avait refusé de livrer du courrier à une maison qui,
de toute évidence, a été démolie?

*Non. Le petit drapeau est levé. Ça fait trois
jours qu'il est levé. Il y a du courrier là-dedans.
Mon courrier...*

Il vide la boîte et en examine le contenu. Quoi?
Un mois gratuit avec Flexiréseau? Une minute...
Il sort une autre enveloppe. Une plus petite.

Une lettre d'un million de dollars.

Il l'ouvre et fait tomber la carte de Babe Ruth
dans sa main.

Soudain, de puissants projecteurs s'allument.
Leur lumière est si aveuglante que Griffin se fige

comme un papillon qu'on épingle. Le sergent-détective Vizzini surgit de la lueur éblouissante et lui arrache l'objet de collection des mains. Griffin comprend alors pourquoi il avait constamment le sentiment d'être épié. Il l'était.

Le sergent-détective Vizzini prononce les paroles que Griffin redoute d'entendre depuis six jours : « Tu es en état d'arrestation. »

On ne l'enferme pas dans une cellule. On ne l'enferme pas du tout, à vrai dire. On le fait asseoir sur une chaise droite, au beau milieu du poste de police. Pendant ce temps, le sergent-détective Vizzini rédige un rapport à l'aide d'une machine à écrire vieille d'au moins cent ans.

Griffin sait toutefois qu'il a de gros ennuis, car chaque officier en poste cette nuit-là vient jeter un coup d'œil de son côté. Ils veulent tous voir à quoi ressemble le jeune qui est venu à bout d'une maison dotée d'un système d'alarme ZultraTech et de deux chiens de garde, et qui a filé avec un objet d'un million de dollars.

Se faire prendre. Ces mots à eux seuls le font frissonner. Tellement de facteurs entrent en jeu dans un plan comme celui-là. Mais *se faire prendre*, c'est vraiment tomber au plus bas. La pire chose qui pouvait arriver… est arrivée. Il n'y a aucune contre-attaque possible dans ce genre de situation, aucune façon de se reprendre. C'est une catastrophe.

Combien de fois s'est-il répété que ce n'était pas un vrai vol, que la carte lui appartenait légitimement? Maintenant qu'il est au poste de police, il comprend que son argument ne dupera personne. Griffin a toujours essayé de tenir tête aux adultes qui méprisent les jeunes, mais en se faisant prendre, il s'est lui-même mis à leur merci plus que jamais.

Qu'est-ce qui l'attend maintenant? Un procès? Une condamnation? De la détention juvénile? La situation pourrait vraiment dégénérer. On ne plaisante plus.

Sa seule consolation, c'est qu'il est seul au poste de police. Il est soulagé que Benjamin ne soit pas à ses côtés pour partager son sort, de même que Pic, Savannah, Logan, Melissa… et Darren aussi. Il ne sait pas ce que l'avenir leur réserve, mais il espère qu'il aura la force de s'en tenir à sa résolution de prendre tout le blâme sur ses épaules.

Le sergent-détective Vizzini est encore en train de taper la même page. L'homme doit être le dactylographe le plus lent de la planète. Chaque clic laborieux a l'effet d'un coup de marteau sur les nerfs à vif de Griffin. *Comment j'ai fait pour me mettre dans un pétrin pareil?*

— Griffin... fait une voix derrière lui.

Son père a une allure épouvantable : il porte son haut de pyjama en guise de chemise, des pantalons d'entraînement, des pantoufles, un imper et il a la tête de quelqu'un qu'on a tiré du lit. Mais aux yeux de Griffin, c'est une vision superbe. Le garçon se précipite dans ses bras en pleurnichant comme un gamin de deux ans.

— Je suis désolé, papa! Je suis *tellement* désolé!

— Ça va, mon garçon.

Mais *non*, ça ne va pas. Et ça n'ira peut-être plus jamais.

M. Vizzini retire la feuille de sa machine à écrire et la dépose sur la table devant Griffin en disant :

— Signe en bas, s'il te plaît.

Griffin a un mouvement de recul comme si la feuille était un serpent. Qu'est-ce donc? Une confession? Pire encore?

— Qu'avez-vous écrit?

— Calme-toi, le rassure l'officier. Ce n'est qu'une déclaration attestant que tu as trouvé la carte de baseball dans la vieille maison Rockford.

Griffin est abasourdi.

— Pourquoi avez-vous besoin de ça?

— Parce qu'il y a à Baltimore une femme nommée Winnifred Rockford-Bates. Elle a quatre-vingt-dix-sept ans et est la dernière survivante de la famille Rockford. La carte lui appartient. Cela te consolera peut-être de savoir que ton ami Cromino n'a pas de chance.

— Qu'arrivera-t-il une fois que j'aurai signé? demande Griffin d'une voix chevrotante.

— Après, on rentre à la maison, dit doucement son père.

Quoi? À la maison? Comment est-ce possible?

Griffin se retourne vers le sergent-détective.

— C'est vrai?

M. Vizzini le regarde avec un air sévère.

— J'espère que tu mesures bien ta chance, jeune homme. S. Cromino n'entamera pas de poursuites. Il préfère éviter une enquête qui prouverait peut-être qu'*il* a transgressé la loi lorsqu'il t'a arnaqué. Les choses tournent en ta faveur bien que ce ne soit pas ce que tu mérites.

— Merci, monsieur Vizzini. Merci beaucoup!

Tandis que son père et lui marchent vers la voiture, Griffin sent la fraîcheur de l'air du petit matin. C'est signe que l'hiver approche... à moins que ce ne soit l'odeur de la liberté. Il sait trop bien à quel point il a failli perdre la sienne.

M. Bing s'engage sur la route.

— C'est drôle de voir la tournure que prennent les événements, commente-t-il. Même si Sergio Cromino ne t'avait pas escroqué en t'achetant la carte, elle ne serait pas plus à toi. En définitive, elle aurait toujours appartenu à la vieille dame de Baltimore.

Griffin hoche la tête, morose malgré son soulagement.

— Ça aurait été chouette, quand même, un million de dollars. Enfin, des centaines de milliers de dollars.

Son père pousse un soupir.

— C'est peut-être un signe. L'argent n'est pas censé être facile à gagner.

— Je me fiche bien de l'argent facile, ronchonne Griffin. Tout ce que je veux, c'est qu'on n'ait pas à vendre notre maison et à déménager.

M. Bing donne un brusque coup de freins. La voiture s'arrête en plein milieu de la rue déserte dans un long crissement.

— C'est vrai qu'on n'a pas encore eu la chance de te le dire!

— De me dire quoi? demande Griffin, affolé.

— Tout ce boucan à propos de la carte de baseball a généré un vif intérêt pour le Ramasseur futé! J'ai trouvé des investisseurs qui vont me financer!

Griffin fixe son père d'un air ébahi.

— Tu veux dire que… ?

— On n'a plus besoin de vendre la maison! Nos problèmes sont réglés!

32

Logan Kellerman monte sur le perron du 530, avenue Park Extension et se plante devant le vieil homme qui se berce dans sa chaise.

— Je n'aurais jamais pensé *te* revoir ici, *toi*.

— Comment allez-vous, monsieur Mulroney?

— Je me sens plus vieux et plus futé. Je sais maintenant que ton intérêt soudain pour le backgammon ne visait qu'à détourner mon attention de ce qui se passait de l'autre côté de la rue. Je dois le reconnaître : je ne me suis jamais douté que tu étais un voleur.

— Je n'en suis pas un, proteste Logan en se dandinant. Je suis un comédien.

— Eh bien, tu en es un bon, grogne M. Mulroney. Tu m'as eu sur toute la ligne. Moi qui croyais avoir un ami.

— Je ne jouais pas tout le temps la comédie, admet Logan.

Ne recevant aucune réponse, le garçon sort le jeu de backgammon et l'installe sur la petite table bancale qui se trouve entre eux.

Le mineur à la retraite le regarde d'un œil suspect.

— Ne me dis pas... que ce Cro-Mignon a des chandeliers en argent que tu n'as pas réussi à lui chiper lors de ta première visite?

Logan approche une chaise.

— Quel était le pointage encore... dix-sept à quatorze, c'est ça?

Mulroney émet un petit reniflement.

— Tu peux toujours rêver, jeune homme! Tu ne m'as pas arraché plus de douze victoires, c'est sûr.

Logan lance les dés.

— La contre-attaque est commencée.

Mme Winnifred Rockford-Bates de Baltimore, au Maryland, est une millionnaire excentrique qui pense que Babe Ruth est une marque de barres de chocolat. Avec générosité, elle décide de donner la carte de baseball de 1920 à son plus jeune descendant : Darren Vader, de Cedarville, dans l'État de New York.

Griffin encaisse mal le coup.

— J'ai toujours cru que la planification était la clé du succès. Mais aucun plan ne peut mettre quelqu'un à l'abri d'un revirement pareil!

— Darren nous avait bien dit qu'il avait un lien de parenté avec la famille Rockford, lui rappelle Benjamin. On croyait qu'il mentait.

— Il y a une première fois à tout, j'imagine, gémit Griffin. C'est la fin du monde.

Cela ne le console pas plus d'apprendre ensuite que la carte s'est vendue 974 000 dollars, devenant ainsi le deuxième objet de collection de sport le plus cher de toute l'histoire.

— Darren ne touchera pas un sou, prédit Benjamin en voulant consoler son ami. Ses parents vont l'obliger à tout mettre à la banque pour le collège ou autre chose du genre.

En fait, c'est encore mieux. Les parents de Darren refusent de voir leur fils récolter les bénéfices d'un cambriolage. Ils l'obligent donc à donner la majeure partie de l'argent au musée de Cedarville. Le don généreux fait exploser le budget du projet et permet d'amorcer la construction du bâtiment.

Pendant que les pelles mécaniques s'activent, à l'autre bout de la ville, le Royaume du collectionneur ferme ses portes. Le commerce ne s'est jamais vraiment remis du scandale voulant que son propriétaire ait arnaqué Griffin pour lui enlever sa carte de Babe Ruth. Sergio Cromino déménage en Californie et ne laisse qu'une chose derrière lui : son chien Luthor. On envoie aussitôt le doberman à la fourrière municipale où il reste moins d'une heure, étant adopté illico par Savannah Drysdale. Ces deux-là étaient destinés à être ensemble.

Le musée de Cedarville ouvre l'été suivant, comme prévu, là où s'élevait jadis la vieille maison Rockford. Les citoyens assistent en grand nombre à la cérémonie d'ouverture. Ils viennent admirer les vestiges du temps des pionniers et les souvenirs des héros de guerre originaires de la région.

Ce que tout le monde sait (mais que personne ne veut admettre), c'est que le Grand cambriolage de la carte de baseball est l'événement le plus intéressant qui soit jamais survenu dans leur petite ville tranquille. C'est sans doute pourquoi la grande photo encadrée montrant sept jeunes de sixième année est l'attraction qui attire la foule la plus nombreuse.

La plaque ne fait pas mention du célèbre cambriolage. On peut y lire :

UN GRAND MERCI À DARREN VADER, LOGAN KELLERMAN, MELISSA DUKAKIS,

ANTONIA BENSON, SAVANNAH DRYSDALE, BENJAMIN SLOVAK ET GRIFFIN BING POUR LEUR BON TRAVAIL.

Devant le mur sur lequel la photo est accrochée, une baie vitrée permet d'admirer le planchodrome, voisin du musée. La construction du planchodrome était la condition qui accompagnait le plus gros don individuel fait au musée.

On a tiré l'idée du planchodrome d'une vieille proposition retrouvée au dossier. Son auteur est l'un des sept jeunes de la photo, le chef de la bande… l'Homme au Plan.